KB260495

力餅 동화해설

힘내기 떡

시마자키 도손島崎藤村 지음

천선미 옮김

책머리에

내가 여러분 같은 어린이와 친하게 된 것은 이전에 세 권의 소년독본을 썼을 때부터 였습니다. 나도 여러분께 얘기해 주는 것을 즐겁게 생각했기에 이번에도 새로운 한 권의 독본을 준비했습니다.

내가 동화를 쓰게 된 계기는 먼 나라를 여행하면서부터입니다. 나는 여행지에서 외국의 소년 소녀를 볼 때마다 일본에 있는 내 아이들을 자주 생각했습니다. 오래 비웠기 때문에 외로울 거라 생각하고 뭔가 외국에서 보고 들은 얘기를 써서 아이들에게 보내줬으면 했습니다. 먼 여행의 피곤함으로 때로는 그것도 생각처럼 되지 않았지만, 무사히 일본에 돌아와서 내 아이들에게 들려주는 아버지의 이야기 형태로, 먼 나라의 이야기를 선물처럼 썼습니다. 그것이 바로 『어린이에게』입니다.

세월이 빠르네요. 그 후 『고향』을 쓴 것은 어느새 22

년 전, 『어린 시절 이야기』를 쓴 것은 18년 전이 되네요. 여러분 중에는 『고향』과 『어린 시절 이야기』를 읽어 주신 분도 있겠죠. 그리고 내 아이들을 기억해 주는 분도 있겠죠. 그 아이들이 벌써 모두 아버지가 되고 어머니가 되었습니다.

정말로 세월 가는 것이 빠르군요. 지금 손자들이 내 동화를 읽을 때가 왔거든요. 아이에게 얘기해 주고 또 손자에게 얘기해 주는 것도 즐겁지 않겠습니까?

이에 관한 것은 잠시 제쳐놓고 이전에 말했듯이 애초 내가 동화를 쓰려고 계획했던 것은 멀리 고향을 등지고 내 아이들과도 떨어져 있을 때였는데, 이후 아이들을 위해 쓴다는 것이 즐겁다는 것을 알게 되고, 나도 뭔가 쓸 수 있어 기쁘게 생각되었습니다. 이런 이유로 혼자 내 아이들에게만 얘기해 줄 것이 아니고 넓은 세상의 많은 어린이들에게도 또 그 부모들도 읽었으면 하는 마음을 가지게 되었던 것입니다.

나는 아직도 여러분에게 들려주고 싶은 얘기를 얼마밖에 쓰지 못했습니다. 긴 이 세상여행 동안 여러분에게 얘기할 여러 추억이 있습니다. 나는 이런 얘기를 여러분에게 할 맘으로 이번 새롭게 한 권의 작은 책을 만들려고 기획했습니다. 그게 바로 이 『힘내기 떡』입니다. 힘내기 떡이란 무엇일까요?

　내가 이런 얘기를 꺼내지 않아도 여러분은 학교 선생님의 지도로 수학여행가서 어딘가에서 힘내기 떡을 먹어 본 적이 있겠죠. 힘내기 떡이란 것은 대복떡[1]으로 만들어 파는 곳도 있는데 대부분은 팥소로 만들며, 고개 등을 넘는 사람의 조력자 역할을 합니다. 내가 태어난 곳은 신쥬기소촌[2]같은 깊은 산중이여서 도쿄에 나오려면 아무래도 고개를 넘을 수밖에 없습니다. 내가 형들을 따라 도쿄에 학업을 위해 나온 것은 열 살인 소년시절이었는데 나카센도로[3]에는 아직 기차가 없던 때로 아이발로 고개를 서너 개나 넘었던 것을 기억하고 있습니다. 할머니가 돌아가셨을 때에도 장례를 위해 고향에 갔는데, 가는 길에 와다고개라는 곳을 걸어 넘어서 시모스와[4]쪽까지 나온 적도 있었습니다. 그 고개는 5리나 되며, 먼 산과 산 사이에 펼쳐

---

1)  大福もち : 팥소가 든 둥근 찹쌀떡.

2) 信州木祖 : 나가노현(長野県) 기소계곡(木曽谷)의 중턱에 위치한 지역. 산으로 둘러싸여 지세한 험한 곳 중의 한 곳임.

3) 中仙道 : 에도시대 5대 가도 중의 하나로 혼슈의 중부내륙 쪽을 경유하는 노선이다. 기소가도(木曾街道) 혹은 기소로(木曽路)로도 불린다.

4) 下諏訪 : 나가노현 중앙에 위치한 마을로 관청이 있는 나가노시와 도쿄가 50km정도의 거리를 두고 있는 있는 지역.

진 하늘 저편에는 아사마5)의 연기가 나부끼는 것을 볼 수 있는 곳입니다. 그 산비탈을 건너는 것은 매우 힘들어 여행객은 누구라도 고개위의 휴게실에 발을 쉬어 갑니다. 나는 그 후로도 그곳을 여러 번 가게 되었는데, 한번은 자동차로 와다고개를 넘은 적도 있었습니다만 그 고개 정상까지 가자 떡집이 한 채 남아 있었는데, 거기에서 힘내기 떡을 팔고 있었습니다.

우리들 일생의 여행 동안에는 몇 번인가 고개도 기다리고 있습니다. 너무 배가 고프면 험난한 길을 오르려 해도 오를 수가 없습니다. 약간의 힘내기 떡이 이런 때 우리들을 힘내게 해 줍니다. 뭐, 이 조그마한 책은 내가 여러분을 위해 준비한 힘내기 떡으로 아주 작은 성의뿐인 선물입니다.

---

5) 浅間 : 군마현(群馬県)과 나가노현의 경계에 걸쳐 있는 활화산.

차례

제 **1** 장 | 10개 이야기

01 시계 이야기

여러분, 나오세요. 얘기합시다. 우선, 시계 이야기부터 시작하지요.

어느 학생이 선생님으로부터 '스피드시대'라는 말을 배웠습니다. 과연, 선생님이 말씀하시기를 지금은 '제비'처럼 빠른 기차도 있습니다. 이전에는 배로 4, 5일이나 걸리던 곳을 불과 두 세 시간에 날아가는 비행기도 있습니다. 이것이 스피드시대인가 봅니다. 학생은 놀라면서 지금보다 더 빠른 기차가 나오고 더 빨리 나는 비행기가 있을 것 같은 때도 올 것인가라고 생각했습니다. 집에 가서 오래된 추시계를 보자 시계는 밤낮 쉬지 않고 항상 똑같이 일하고 있는 것 아니겠습니까?

"이렇게 스피드시대가 왔어, 너는 그래서야 시대를 따라갈 수 있을까?"라고 학생이 물었습니다. 그러자 낡은 시계는 변함없이 재깍재깍 소리를 내면서 답하기를,

"그렇게 모두 똑같이 움직이면, 아무것도 움직이지 않은 것처럼 보여요. 시계까지 스피드시대라고 서둘러 보세요. 조용히 서있는 것이 있어야 다른 것이 빠른가 느린가도 확실히 알 수 있어요. 나는 당신이 태어났을 때도 지금도 똑같이 시간을 알리고 있습니다. 나는 서두르지도 않습니다만 쉬지도 않아요. 내 침이 너무 서두르면 뒤로 돌리고 너무 늦으면 앞으로 돌려버려요. 학생! 어떤 스피드시대가 와도 시계인 나는 이걸로 됐다고 생각하는데요."

02 개구리 소리

소리를 내는 것은 즐거운 일이지만 개구리 무리는 땅속에서 막 나와 아직 노래 한 곡조도 부를 수 없었습니다. 모두 남새밭 옆이나 개천 근처에서 낮고 작은 소리로 울

고 있었습니다.

한 마리 개구리가 있었는데 어떻게 해서든 더 소리를 내고 싶었지만 그것이 생각대로 잘 되질 않습니다. 무리들은 어떤가하고 둘러보자 모두 낮고 작은 소리로 울고 있고 그중에는 막 구덩이에서 나온 듯 아직 흙이 덮인 채인 개구리도 있었습니다. 하긴 이것은 개구리들에게만 한정되지 않습니다. 새조차 덤불그늘 따위에 숨어서 어느 쪽을 향해 봐도 소리를 내는 새는 적고, 단지 차가운 바람이 휘, 휘 공중을 윙윙거리며 통과할 뿐. 그 미칠 듯이 부는 북풍의 소리를 듣자 더욱 개구리는 움츠려들어 내고 싶은 소리조차도 목구멍 쪽이 바싹 말라버린 듯했습니다.

조금 있자 햇볕이 좋아졌습니다. 그랬더니 지금까지 어딘가에 숨어있던 꾀꼬리가 맨 먼저 날라 왔습니다. 이어서 종달새가 날아오릅니다. 먼 곳으로부터는 많은 제비들이 옵니다. 그 근처에 놀고 있는 참새들조차도 갑자기 활발해졌습니다.

"좋은 소리, 좋은 소리."

개구리는 새 우는 소리를 듣고 더 이상 참을 수 없게 되었습니다. 비가 올 때마다 물은 촉촉하니까 지금까지 움츠려 떨고 있던 개구리도 활기차 졌습니다.

우선 소리를 내보자. 그곳에서 개구리도 생각했습니

다. 그러기위해선 새들 쪽으로 가서 소리 내는 법을 배우고 오는 것이 제일이다. 이렇게 생각했기에 여러 새가 있는 곳으로 가서 예쁜 소리로 우는 새를 자주 지켜보았습니다. 어지간히 이 개구리도 더 이상 참을 수 없게 되어서일까요. 그 후 물로 돌아와서 새에게서 배워 온 대로 자신도 그것을 해봤습니다. 과연, 소리는 나오긴 하지만 자신의 소리라고 생각되지 않는 소리였습니다.

"꾀꼴 꾀꼴"

엉겁결에 개구리 자신도 웃음을 터뜨렸습니다. 그것은 개구리를 닮지도 않은 꾀꼬리의 흉내였기 때문에. 하지만 이 개구리는 어떻게 해서든지 소리를 내고 싶어서 종달새처럼 '지지배배'라고 해보기도 하고 참새처럼 '짹짹'하고 해보기도 하자, 더욱더 자신조차도 배를 잡고 웃음을 터뜨리게 됩니다. 먼 곳에서 온 제비의 소리내는 법은 어떤가하고, 이번에는 그 부리가 누런 새처럼 해봤더니 이것은 아뿔사! 마치 다른 이의 흉내였습니다.

그러나 열심히 한다는 것은 훌륭한 것이군요. 그 열심이가 자신의 소리를 내는 법을 이 개구리에게 가르쳤습니다. 개구리가 새 흉내를 낸다는 것은 아무래도 쓸데없고 자신에게는 자신이 가지고 태어난 소리가 있다. 그것을 개구리도 깨닫게 된 것입니다.

"개개"

우선 이 소리부터 시작했습니다.

"개구 개구"

이런 힘들어간 소리까지 낼 수 있게 되었습니다. 자!
개구리는 기뻐서 '이거다. 이것이 내 소리'라고 생각하자
자신도 자신의 소리에 격려받았습니다.

"개굴 개굴 개굴"

울면 울수록 개구리의 소리는 시원해졌습니다. 그리
고 이제까지 그 새들에게서 소리내는 법을 익혔던 것도
자신에게 어울리지 않는 흉내도 전혀 헛된 노력도 아니었
다고 생각하게 되었습니다. 이 개구리가 수풀의 아래를
흐르고 있는 개천까지 뛰어가 보니, 거기에 울고 있는 한
마리 청개구리가 있었습니다.

"아니, 당신은 무슨 일입니까? 어째서 그런 곳에서 울
고 있습니까?"라고 이쪽 개구리가 물었습니다.

물어보자 그 청개구리는 부모님의 말씀을 듣지 않아
서 부모님이 강에 묻어달라고 말하면 산이라고 말하고 산
에 장례해 달라고 말하면 강이라고 말했다고. 그런 불효
한 자식이지만 부모가 죽었을 때는 부모가 말한 대로 산
에 장례를 치러 주었습니다. 그래서 비라도 내리게 되면
부모의 무덤이 떠내려간다 떠내려간다라고 울고 있다고

합니다.

이 청개구리의 애기에 물었던 쪽의 개구리도 불쌍히 여겨 함께 노래 한 곡이라도 부르지 않겠냐고 말하고 격려했습니다. 이후 두 마리의 개구리가 함께 소리를 맞춰 노래하기 시작했더니 지금까지 낮고 작은 소리밖에 내지 않았던 개구리들까지도 "나도, 나도"라고 소리를 맞춥니다. 저쪽도 "개굴개굴" 이쪽도 "개굴개굴". 그 소리는 멀리까지 점점 넓게 퍼져가서 어느새 계곡에는 온통 개구리의 소리로 가득 찼습니다.

 밤 아이들

밤 아이들은 삼형제처럼 같은 한 개의 파란 밤 껍질 속에서 자랐습니다. 이 아이들은 머리끝이 좀 뾰족한 것부터 작고 통통한 것까지 서로 닮아있어 어느 것이 형인지 아우인지 모를 정도였습니다. 넓은 세상에는 쌍둥이라고 해서 같이 태어난 아이들도 있습니다만, 이들은 쌍둥이도 아니고 세 개였습니다. 게다가 드물 만큼 사이도 좋아서 '한 껍질'의 품에서 서로 밀치고 커지는 동안에 한 가운데에서 태어난 아이는 숨도 못 쉴 만큼 두 형제 사이에 껴서 자랐지만, 그래도 "밀면 안돼"라고 말한 적도 없이 서로 단단히 껴안고 아빠나무인 접목의 팔에 매달려 있었습니다. 마치 옹기종기모여 자라는 것을 낙으로 아는 세 명의 사이좋은 형제처럼.

오두막에서 일하는 할아범이 이 아이들을 보러 왔을 때 파랬던 '껍질'도 어느새 가을색으로 물들고 시원한 바람이 불고 있었습니다. 세 명 아이들도 커졌습니다. 할아범은 기뻐서 이렇게 아이들에 말했습니다.

"기다려, 기다려. 지금 태양님이 너희들을 좋은 밤 아이들로 해 주실꺼야."

04 매미의 송별회

드디어 매미도 어두운 땅 속에서 나오게 되고 낡은 껍질을 벗어버릴 때가 왔기 때문에 땅 속에 있는 일동은 자주 모여 의논해서, 이 매미를 위해 송별회를 열어주게 되었습니다.

보살피는 것을 좋아하는 두더지는 간사를 맡았지만

땅에만 살아서 생각처럼 잘 준비할 수 없습니다. 그래서 무엇이든 그 부근에 있는 물건으로 맞추게 되었습니다. 음식은 개미가 맡아 준비하고, 식탁의 그릇은 두더지가 찾아온 도토리열매로 만든 공기로 준비할 수 있었습니다. 이 때문에 남 보살핌을 좋아하는 간사는 일부러 꾸지나무 밑까지 흙을 파내고 갔다 왔습니다. 일동이 모인 곳에서 우선 지렁이가 서서 송별인사를 말했습니다. 이 지렁이는 몸을 굽히고 펴고 하는 버릇이 있어 그 자리에 모인 이는 모두 웃었지만, 맑은 음성으로 말하는 것은 확실히 하고 있었습니다. 지렁이가 말하기를 매미는 같은 구멍에서 늘 자고만 있는 줄 알았는데 오늘 보니 그것이 길고 긴 준비 였다는 것을 알게 되었습니다. 땅에 사는 이는 모두 옛 구 멍에 만족하고 있는데 껍질을 벗고 나가려고 선 매미의 용기에는 감동했습니다. 이 젊은이를 푸른 하늘에 보낸다 는 것은 땅의 가족 일동의 새로운 환영입니다. 이렇게 인 사를 마쳤습니다.

　이후 여흥에 들어가자 물에 사는 음악가들이 부탁받 고 와, 동료들의 합창이 있었습니다. 그 시원한 소리에 섞 여 놀랄 만큼 두껍고, 그러나 낮은 음으로 하모니를 맞추 는 이도 있었습니다.

　"붓 부" "붓 부"

 力餠 동화해설 **힘내기 떡**

이런 소리를 내는 것은 식용개구리 녀석이었습니다. 이 개구리는 보통 개구리보다 커서 모르는 이에게는 괴물이라고 착각할 수 있을 정도의 큰 개구리였는데, 큰 북같은 배에서 그 두꺼운 소리가 나오므로 동료들의 합창에 지금까지 없어서는 안 될 가수의 한사람이 된 것입니다.

그런데 정작, 송별회가 끝나자 매미에게 이별을 고한 땅속 친구들은 여러 가지를 말했습니다.

"저런 것으로 매미가 날 수 있을까 몰라"라고 말하는 이는 쥐였습니다.

"매미는 좀 지나치게 자부하고 있는 것이 아닐까?"라고 말하는 이는 개미였습니다.

"그렇다면 나를 보세요. 나는 한 번도 옛 옷을 벗은 적이 없어요. 육지에도 물에서도 단벌옷이지요."

이렇게 개구리는 말하고 땅 속에서 나가는 매미에 대한 말을 했습니다.

확실히 쥐나 개미처럼 매미가 계획하는 것은 모험에 지나지 않습니다. 그러나 이 매미는 아직 젊어서 빛을 찾지 않고서는 안되었던 것입니다. 슬슬 구멍을 기어 나와 과감히 옛 껍질을 벗어 던진 때는 아직 높은 소리로 우는 것도 모르고 나무와 나무사이를 날아 돌아다니는 것도 모릅니다. 갑자기 밝은 곳에 나가자 눈이 부실 뿐. 막 새로

태어난 매미는 푸르고 뚫고 나갈듯한 날개도 아직 약해서
단지 조용히 근처를 기어 다닐 뿐이었습니다.

05 ## 소의 리더

    아침저녁으로 좋은 우유를 단골 도령과 아가씨에게
대접하는 것만으로는 소도 재미없고 지칩니다. 그래서 고
모로[1])의 외양간에서 키워진 소는 주인인 우유장사에게
이끌려 그곳을 나와 에보시가 온타케산[2]) 기슭에 있는 목
장을 향해서 휴양 차 갔습니다.

    그곳은 신쥬 치이타가군[3])의 산속에 있어서 한 번 돌
면 2리나 되는 넓고 큰 목장입니다. 서쪽 입구의 연못과
조용한 계곡그늘에 목부할아범이 살고 있어서 소를 맡겨
줄 겁니다. 마침 외양간의 소가 주인에게 이끌려갔을 때
는 각처에서 목장에 휴양 차 오는 소들이 50마리나 있었
습니다.

1) 小諸 : 나가노현 동부에 위치한 시.
2) 御嶽山 : 혼슈(本州) 나가노현과 기후현(岐阜縣)경계에 있는 산.
3) 小縣郡 : 나가노현 도신(東信)지방에 있는 지역.

외양간의 우유장사는 한 겨울만이라도 자기 소를 맡겨주었으면 하고 소를 맡기는 부탁을 목부에게 해 두고, 이윽고 산을 내려갔습니다. 그 넓은 목장에는 소가 맘껏 놀 수 있도록 풀어서 키우고 있었고, 좋아하는 소금이라도 핥고 버들잎을 뜯어 먹고 개천의 물을 마시기만 하면 대개의 병은 나을 정도의 천연의 보양장이었습니다. 그러나 남겨진 소는 계속 집을 그리워해서 이틀 정도는 다른 소 무리들과 놀려고도 하지 않습니다.

"이것 봐, 맛있는 음식이에요."

라고 목부가 말하고 원두막에서 가져온 소금을 돌 위에 고봉으로 담아 두고 갔습니다만 그 소는 쪼금 그걸 핥아볼 뿐 그저 익숙했던 외양간 쪽을 그리워하고 있었습니다. 근처에는 지초가 지천으로 자라 있습니다. 먹기 좋은 물도 흐르고 있습니다. 작은 집 소는 보라색으로 익은 으름덩굴의 열매가 있는 계곡으로 가서 거기에 숨고, 뿔이 가려운 때에는 산철쭉의 뿌리 등에 기대어 비볐습니다.

이틀 사이에 외양간 소도 이 목장에 익숙해졌습니다. 슬슬 다른 소무리쪽으로 다가가게 되었습니다. 저쪽 산 경사진 쪽에는 눕거나 일어나거나 놀고 있는 소들도 보입니다. 목부 할아범이 손도끼나 그런 것을 넣은 『산고양이[4]』라는 것을 등에 메고 서쪽 입구의 연못에서 올라오는 때는 소금을 대접하러 오는 것이므로 작은 검은 소가 우선 그것을 발견하고 귀를 쫑긋거리면서 옵니다. 이마가 넓고 눈매가 사랑스러운 빨간 소와 목이 긴 얼룩이 등도 슬그머니 이마와 엉덩이를 흔들면서 소금 쪽으로 다가옵니다. 그곳에 낯익은 날씬한 외양간 소도 있겠죠. 다른 소들은 모두 "수상쩍은 놈이 왔다"고 말만 하지 않을 뿐, 함께 먹으려고도 하지 않습니다. 모두 그 주변을 멀리서부터 포위하고 천천히 다가올 뿐이었습니다.

어째서 이렇게 다른 소들이 조심성이 많냐하면 외양간 소는 색도 검고 젖소이면서 멋있는 체격과 어디에도 없는 훌륭한 눈을 가지고 있었기 때문이었습니다.

원래 소들은 강한 소는 강한 소들끼리 약한 소는 약한 소들끼리 무리를 짓고 있는 듯해서 새롭게 밖에서 온 소는 어떻게든 이쪽에서 사이좋게 지내려고 해도 갑자기 그 무리에 껴 주지 않습니다. 그러기위해선 '뿔싸움'을 하지 않으면 안됩니다. 그리고 먼저 공격하면 어디까지나 그 다음이 되고, 또 이쪽이 공격하려 신호를 보내면 저쪽에서 싸움을 붙여오는 것이 소의 성격이기 때문에.

그래서 외양간 소도 이 목장에 왔으므로, 꽤 피로가

---

4) 山猫 : 낫이나 톱 등 산일을 하는데 필요한 도구를 넣는 자루같이 생긴 것.

풀리고 나아가 많은 소 앞에 나갈 만큼 원기를 회복했습니다. 그 체격을 보는 것만으로도 많은 소는 꼬리를 빼고 있었습니다.

"자 뿔싸움이다. 너부터 먼저 나와!"

"아니 너부터 나가!"

이런 말을 할 뿐으로 좀처럼 울타리가 열리지 않습니다. 개중에는 "자!, 와!"라고 말만 하지 않을 뿐으로 외양간 소 쪽을 노리고 돌진해 오는 놈도 있었습니다만, 이윽고 또 물러 갔습니다.

이 소 무리 속에 한 마리의 빨간 소가 나타났습니다. 그 빨간 소는 강한 소들이 모인 곳에서 나왔으므로 보기에도 늠름한 모습의 암소였습니다. 천천히 천천히 외양간 소 앞으로 와서 뿔과 뿔을 단단히 부치고, 전신의 힘을 다해서 서로 밀고 밀리기 시작하였습니다.

승부는 났습니다. 결국 뿔싸움은 빨간 소의 패배였습니다. 하지만 외양간 소는 승리를 자랑하는 모습도 없이 변함없이 훌륭한 눈으로 목장 안을 둘러보고 있었습니다. 단지 땀이 그 검은 털을 타고 끝없이 흘러내리고 있었던 것.

소들에게도 리더는 있네요.

양치기 이야기

양치기는 아이라도 보러가듯 자기가 기르는 양들을 보러 갔습니다. 양들이 볼 때 이 양치기는 모두의 아버지였습니다.

양들도 여러 종류입니다만 이 양치기가 기르는 것은 면양이라는 놈으로서 두꺼운 털은 면처럼 부드럽고 게다가 귀여운 눈을 하고 있습니다. 그 면같은 털은 직물로 짜여져 학교 학생의 교복도 됩니다. 최근은 서양복장이 유행하므로 대부분의 목장에서 양을 기르기 시작한 것입니다.

그 때 양들은 외양간 부근에서 노는 것만으로는 재미있지 않아서 어딘가에 데려가 달라고 양치기에게 부탁했습니다.

"아버지, 부디. 아버지, 제발"이라고 하며 모두 졸랐습니다.

양치기는 자신의 아이처럼 생각하는 양의 부탁이고, 게다가 모두 말을 잘 들었으므로 그렇다면 내일은 소풍가자고 양들에게 약속했습니다.

소풍이라는 말을 듣고는 양도 기뻤습니다. 모두 내일을 기대하고 외양간에 들어가 잤습니다.

다음날이 되자 양치기는 약속대로 양들을 데리러 왔습니다.

"자, 오늘은 소풍이야." 양치기의 소리를 듣자 양들은 매우 기뻐서,

"모두 나와."

라고 서로 부르고 모여서 외양간을 나갔습니다. 개중에는 기쁜 듯이 목을 흔들고 가는 양이 있습니다. 늦지 않으려고 뒤에서 급히 가는 양도 있습니다. 모이는 것을 잘하는 양은 멀어지면 안됩니다. 모두 함께 모여서 재빨리 양치기의 뒤를 따라 갔습니다.

이 양치기는 키도 크고 몸도 크고 상당히 멋진 사람이었지만 조금 지혜가 모자랐습니다. 그래서 어느 학교에 들어가 다른 사람이 2년에 졸업하는 것을 3, 4년이나 걸려버려서 양과 돼지를 보살피는 것을 배웠습니다. 동물 기르는 법부터 병났을 때 보살피는 방법까지 그 학교에서 배웠습니다. 그리고 목장에 고용된 것입니다. 넓은 세상 속에는 더 지혜가 있어도 빈둥빈둥 놀고 있는 사람도 많이 있는데 신은 이 지혜가 모자란 양치기에게 할 일을 주신 것입니다.

"어때, 좋은 소풍이지? 너희들이 좋아하는 푸른 풀도 있어. 넓은 들판도 있어."

라고 양치기는 말하고 싱글벙글하면서 양들을 데리고 갔습니다. 이 아버지가 가는 쪽에는 양들은 어디든 붙어서 갔습니다. 밭이 있으면 밭 사이를 지나갔습니다. 계곡이 있으면 계곡사이를 지나갔습니다. 양치기는 양을 기쁘게 하는 것만으로도 기뻐서 함께 돌아다녔습니다. 조금 피곤해져서, 이제 적당히 돌아가자고 해도 양들이 허락하지 않았습니다.

"아버지, 좀 더 멀리, 좀 더 멀리."

양들이 재촉했습니다. 드문 소풍이어서 양은 멀리 멀리 가고 싶어 했습니다. 가면 갈수록 양이 좋아하는 부드러운 풀이 있었습니다. 그것을 먹으러 갈 때는 마치 소풍 도시락이 행선지에서 양을 기다리고 있는 것 같았습니다.

"아, 저기에도 도시락, 여기에도 도시락."

라며 양들은 푸르른 풀이 나있는 곳을 발견하고 시간 가는 것도 잊었던 것입니다.

그 사이에 해가 지기 시작했습니다. 너무 멀리 와 버려서 양치기로서는 방향도 잘 모르겠습니다. 모처럼 즐거운 소풍을 왔지만 이 아버지는 온 길을 잃어버렸습니다. 그런데 근처는 점점 어두워지고 있는 것 아니겠습니까!

"아, 곤란하게 되었어. 양을 데리고 돌아갈 수 없어."

라고 양치기는 생각했습니다. 태양님은 지고 있기만

합니다. 길을 묻고 싶어도 지나가는 사람이 없습니다. 결국 양치기는 돌에 앉아 울기 시작했습니다.

너무나 이 아버지는 곤란하여 일단 휘파람을 불어서 근처에 놀고 있는 양들을 불러 모았습니다.

"어이, 우리는 어쩌면 좋을까?"

양들에게 말했습니다. 그런데 양들은 모두 아무렇지도 않고 이유도 없이 재미있어 했습니다.

"벌써 해가 저물었어. 너희들이 가는 쪽으로 나는 따라가 볼 테니까."

라고 또 양치기가 말했습니다.

그러자 양들은 머리를 모아 온 길과 같이 모두 모여서 재빨리 길을 돌아갑니다. 하는 수 없이 양치기도 그 뒤를 따라 가 봤습니다. 양들이 움직이는 쪽으로 양치기는 어디든 따라 갔습니다. 그것 이외에는 이 아버지에게는 지혜가 나오지 않았던 것입니다.

"아버지, 나와. 빨리 나와."

라고 양들이 불러서 그때에 양치기는 힘을 다해서 밭이 있으면 밭 사이를 지나고 계곡이 있으면 계곡 사이를 지나갔습니다. 어라, 기뻐라! 양은 확실히 길을 알고 있었습니다. 더군다나 양치기는 목장의 외양간에도 도착해서 그 날의 소풍을 무사히 끝낼 수 있었습니다.

그 때 양치기는 너무 기쁜 나머지 같이 돌아온 양의 머리를 쓰다듬어 줬습니다. 그리고 이렇게 말했습니다.

"너희들은 어떻게 길을 알고 있었던 거야? 나보다 너희들이 더욱 지혜가 있구나."

07 허수아비

허수아비만큼 인내심이 강한 자도 없습니다. 비에 젖든 바람에 날리든 그런 것 따위에는 아랑곳 하지 않으며, 눈부셔도 더워도 항상 같은 모습으로 논밭을 지키면서 서 있었습니다.

짓궂고 수다를 좋아하는 참새들이 거기에 왔습니다. 처음에는 참새도 경계해서 이상한 모습을 하고 있는 파수꾼에게는 가까이 가지 않았습니다. 언제와도 허수아비는 똑같이 멍청하게 서 있으므로 그 사이에 참새도 익숙해져서 놀리러 오게 되었습니다.

한 마리 참새가 허수아비의 삿갓 밑을 엿보러 갔습니다. 그리고 이렇게 인사했습니다.

"안녕! 아버지 안녕하세요."

참새는 허수아비를 바보로 취급한 것입니다. 그러나 허수아비는 대답도 하지 않습니다. 갑자기 바람이 불어서 금방이라도 움직일 것처럼 보였으므로 참새들은 깜짝 놀라서 서로 짹짹 거리면서 도망치듯 날아가 버렸습니다. 원래 이 허수아비는 극히 소박한 대나무와 짚으로 만든 쓸모없는 것이지만 보통사람처럼 도롱이를 입고 삿갓을 쓰고 참고 지키면서 서 있는 덕분에, 이렇게 논밭의 파수꾼 역을 담당했습니다.

08 민들레

민들레는 밟히는 만큼 꽃을 많이 피운다고 합니다. 안쓰러운 풀이 아닙니다. 반면 심한 서리가 내리면 뿌리가 올라와 버려서 민들레 같은 풀이라도 꽃봉오리를 가질 수 없습니다. 하지만 그 뿌리는 밟으면 밟을수록 단단해집니다. 풀에는 풀의 힘이 있지요.

09 복숭아와 창포의 계절

　3월 3일 절기의 축하의 날에 여자아이가 있는 집들의 모양은 인형의 집이라고 말하고 싶습니다. 관을 쓰고 앉은 황제와 황후의 인형, 정원에 모닥불이라도 피울 것 같은 3명의 관청 잡역부, 고풍스런 5개의 궁중악사 인형, 모두 옛 모습을 하고 있으며 산위에 궁궐을 지었을 때의 엄숙하고 우아한 음악도 들려올 것 같습니다.[5] 탁주[6], 삼색떡[7], 복숭아 꽃장식, 거기에 빨갛고 하얀색의 볶음 콩[8] ─이 날을 축하하는 것은 대부분 산에 있는 것들이네요.

[5]  히나단(雛壇) : 인형과 여러 가지 장식물을 진열해 놓고 여자어린이의 건강과 행복을 기원한다. 홀수 단에 빨간색의 주단을 깔고 히나인형을 장식한다.

[6]  시로자케(白酒) : 옛날에 귀신을 쫓아낸다는 의미로 복숭아 꽃잎을 띄워 만들었음.

[7] 히시모찌(菱餠) : 분홍색(복숭아 꽃), 흰색(눈의 흰색) 그리고 초록색(봄의 땅)을 의미함

[8] 히나아라레(雛あられ) : 쌀이나 콩을 튀겨 설탕옷을 입힌 것.

"실례합니다. 오늘 아가씨의 날임을 축하합니다. 우리는 산에 있는 자는 아니지만 일행에 넣어 줄 것이라 생각해서 축하하러 왔습니다."

이렇게 말하고 소라와 대합이 바다에서 일부러 축하하러 왔습니다.

그것에 비해 5월 5일 절기를 축하하는 이는 대부분 강과 바다의 것인 것도 재미있습니다. 처마에 장식하는 창포, 떡에 마는 억새 잎[9], 상쾌한 5월의 바람에 꼬리를 흔들어 드넓은 하늘을 헤엄칠 것 같은 잉어장식[10], 그 긴 수염을 기르고 검은 의상을 걸치고 악귀를 쫒는 검을 휘두르고 있는 신[11]까지가 아무래도 산의 사람은 아니고 당나라 근처에서 배로 바다를 건너온 눈이 큰 사람처럼 보입니다. 5월 절기에 장식하는 것도 3월과는 많이 달라서, 창, 칼, 갑옷, 투구, 활, 화살, 그리고 인형이든 뭐든 검은

---

9)  지마키(ちまき) : 억새 잎으로 싼 찹쌀떡.

10)  고이노보리(鯉のぼり) : 5월 5일 단오절에 천으로 만든 잉어들을 높은 대에 매달아 장식한다. 원래는 남자 아이들의 축제였고, 잉어는 입신출세를 상징한다.

11)  쇼키(鍾馗) : 역귀(疫鬼)를 쫒는 신. 액막이로 5월 단오에 인형으로 장식.

옷을 걸친 힘 찬 사천왕 같은 이들[12]입니다.

"실례합니다. 오늘은 도련님의 날임을 축하합니다. 산의 자들도 오랜만이므로 우리들도 축하하러 왔습니다."

라고 말하고, 이번에는 산에서 이날을 축하하러 왔다는데 바로 이것이 맛있고 맛있는 떡갈나무찰떡입니다.

이런 시원한 기상과 힘이 담긴 창포의 절기가, 우아함을 잃지 않는 복숭아의 절기와 함께 1년에 한 번은 꼭 각자의 집에 찾아와서, 모든 여자아이와 남자아이에게 선물을 주러 옵니다. 매년 있지만 어떻게든 한 해를 좋게 보내고 싶지 않은 사람은 없기 때문에 여러 축제가 차례로 오면, 요번에는 건국일, 다음에는 어떤 기념일이라고 할 때마다 각자의 집에서는 국기를 내걸든지 일을 쉬든지 해서 그런 날을 기뻐하여 맞이합니다. 그 중에서도 3월과 5월 절기의 축일만큼은 누구라도 즐겁게 여깁니다. 어른들조차 이날을 맞이하며 일생에 두 번은 오지 않을 소년시절을 그리워합니다. 여자아이에 있어서는 복숭아꽃봉오리 같은 시기이고 남자아이에 있어서는 창포잎 같이 한창 성장해가는 시기이므로 산의 것으로 축하하고 바다의 것

---

12) 갑옷과 투구(鎧兜)장식 : 집안을 지키는 남자아이들의 건강과 장수를 비는 의미로 갑옷과 투구를 입힌 무사 인형을 집안에 장식한다.

으로 축하하고, 때때옷으로 갈아 입으면서 이 날을 맞이하는 것도 즐겁지 않을까요?

10 절의 동자승

어느 절에 동자승이 있었습니다. 동자승이 아직 열 살 무렵의 소년일 때 그 절의 큰스님에게 뜻밖의 질문을 당하여 당황하였습니다.

큰 스님이 물어보기를

"너는 어떻게 하면 나 같은 주지스님이 될 수 있다고 생각하느냐?"

주지스님이란 절을 이끌어나가는 스님을 말합니다. 큰 스님이 이렇게 말씀하시므로 동자승도 어린 마음에 생각하여 말하기를

"그거야, 먹고 자고, 먹고 자고, 키가 크면 큰 스님처럼 될 수 있습니다."

라고 답했습니다.

그 때, 이 답을 듣자 큰 스님은 갑자기 회초리를 가지고 와서 동자승의 머리를 후려 갈겼다고 합니다.

절은 정신을 수양하는 곳이므로 본당에도 정원에도 위패당에도 청결하게 해 두지 않으면 안됩니다. 그러기에는 주지의 역할을 담당하는 자가 우선 몸도 마음도 깨끗하지 않으면 담당할 수 없습니다. 그래서 석가모니같은 사람을 표본으로 하여 그 분을 섬길 작정으로 매일 아침 일찍 일어나 종도 치고 경도 읽고 자신의 수행을 게을리 하지 않는 이가 좋은 스님이라고 말해지는 사람입니다. 먹고 자고, 먹고 자고, 키가 커지는 것으로 멋진 큰 스님이 될 수 있는 것은 아닙니다. 이 동자승도 열 살 무렵에 평생 잊을 수 없는 힘내기 떡[13]을 맛본 덕분에 훌륭한 사람이 되었다고 말할 겁니다. 이후에도 자주 큰 스님의 회초리는 이 동자승의 몸에 스쳤겠죠. 큰스님의 힘은 신기한 것이네요.

---

13) '회초리'를 인생의 조력가로서 설명하기 위해 책머리에서 밝혔던 '힘내기 떡'이라 표현하였음.

제 **2** 장 | 엄마를
그리워하다

01 엄마를 그리워하다.

　어릴 때 부모님 곁을 떠나 도쿄에 온지 9년 동안, 나는 한 번도 고향에 가지 않았습니다. 아버지가 고향에서 돌아가셨을 때 내 나이 15살이었지만 그때도 도쿄에 있었습니다. 지금에서 생각하면, 다른 사람과 섞여 공부하는 것도 입신출세하기 위한 것이었다고 말하지만, 어머니는 나처럼 작은 아이를 용케도 떠나보냈다고 생각합니다.

　철들 무렵부터 요시무라 아저씨 집에서 지내면서 무엇 하나 불편한 것이 없었던 것도 요시무라 아저씨 가족의 덕택이었지만, 한편으론 일개 서생으로서 혼자서 자신의 배의 방향을 정하고 진로를 정해야 했습니다. '그건 우현이다. 이번에는 좌현이다'라며 스스로에게 말했습니다. 그때까지 단 한 번이라도 고향에 돌아가는 것은 생각한 적도 없던 나였지만, 메이지학원에 입학해 전국에서 배우러 온 다른 청년들을 보면서 여러 가지 면에서 마음에 와 닿고 느낀 적도 있었습니다. 그러면서 어느새 내 성격이 사람들에게 시달리며 비뚤어지게만 되어, 좀 더 나를 성장시키고 싶다는 생각이 들었습니다. 1년 정도 학교를 쉬고 고향에 있는 어머니 곁에서 살고 싶다. 이것을 요시무라 아저씨에게 말한 적도 있었습니다. 그때 아저씨는 '참 너는 바보같은 놈이다. 지금이 한창 공부가 중요한 때이지 않느냐'라고 말하고 비웃음을 산 적이 있었지요.

02 무를 담그는 집

여러 가지를 추억할 때도 그 무렵이었습니다.

내 고향은 산골짜기 마을이어서, 매년 무 수확철이 되면 우리 집에도 엄마와 형수님이 팔을 걷어 부치고 수

건을 쓰고 할아범과 하녀들과 함께 빨간 무를 담갔습니다.[1] 그래서 야채를 저장하는 것이 우리 집 연중행사의 하나였습니다. 고향을 생각하면, 집 사람들이 담근 것을 보관하는 오두막이 모여있는 모습이 떠올랐습니다. 집 뒤 우물가에서 씻어놓은 무를 운반하는 할아범과 하녀가 떠오르고 무를 자르거나 나무통에 넣고 소금을 뿌리던 어머니도 추억했습니다.

03 옛날 연못

이것과 함께 소년시절도 내 가슴에 떠올랐습니다. 죽마[2]에 넷키[3], 얼음지치기, 물바가지나 술을 담는 나무통의 테두리 낡은 것을 응용한 굴렁쇠 등, 산마을의 아이다운 놀이에 나도 빠지지 않았습니다.

우리 집 뒤쪽은 할아범 등이 일하는 나무오두막집과

---

1)   빨간 무절임(赤カブ) : 뿌리가 빨간 무 종류. 주로 소금에 절여 먹음.
2) 대나무를 길게 잘라 중간에 발걸이를 달아 만든 장난감.
3) 나무 끝을 뾰족하게 만든 말로 상대의 말을 쓰러뜨리는 경기. 예부터 전해 내려오는 아이들의 놀이.

대나무 숲이 이어져 있고, 또 한편에는 곡식의 신을 모시는 신사가 있는 곳으로, 나무도 많아 근처의 아이들도 자주 놀러왔습니다. 거기에 옛날 연못이 있었는데 이끼가 낀 돌담사이에는 호이초꽃4)이 매년 피었습니다. 어느날 이웃집 아이와 함께 그 연못주변을 놀면서 돌아다니는데 정말 예쁘게 피어있는 호이초가 눈에 들어와서 돌담을 따라 꽃을 따려고 하는 순간에 옛날 그 연못 속으로 미끄러저 떨어졌습니다. 연못은 어른도 겨우 설수 있을 정도의 깊이여서, 형이 달려와 구해주지 않았다면 나는 어땠을까 모르겠습니다. 위험한 순간이었습니다.

04 소금 주먹밥

이것도 어릴 때 이야기입니다. 어머니는 집 정원에 있는 후박나무잎5)을 따와서 거기에 소금 주먹밥을 싸서는 자주 나에게 주었습니다. 이게 아무것도 아닌 것 같지

---

4)  5월에 흰 꽃이 피며 자주색의 선모가 있는 여러해살이 풀.

5) 꽃은 양성화로 5~6월에 황록색의 꽃이 핀다. 열매는 이듬해 7~9월에 흑자색으로 익음.

만 싸준 박잎은 넓어 주먹밥이 손에 붙지 않아 어린 맘에
도 좋았습니다. 그 박잎의 향기를 맡으면서 먹을 수 있었
던 따끈한 소금주먹밥은 내가 좋아하는 것 중에 하나였습
니다.

05 토란메밀소병

전에도 말했듯이 내 고향은 기소 같은 산골마을이었
으므로 겨울이 되면 산집다운 토란메밀소병을 만들어 매
일 아침밥상에 그것이 올라왔습니다. 토란메밀소병은 주
로 메밀분을 이용하여 토란을 섞어 크게 펼쳐서 화로불에
서 구운 것입니다. 화로 한 가운데에는 큰 냄비가 걸려 있
습니다. 그 주위에는 철판이 놓여 있습니다. 집안사람은
화로곁에 몰려들어 철판 위에 놓인 것이 노릇하게 좋은
색으로 구워지기를 기다립니다. 새 메밀향이 나는 다 구
워진 토란메밀부침에 무즙을 곁들여서 먹는 것도 내가 좋
아하는 것 중에 하나였습니다.

이것들은 모두 산집다운 생활방식에서 온 것이었습
니다. 이런 우리 집에는 염색용 남색 빛깔, 소금, 후추, 종

이 등 꼭 필요한 것을 외지에서 살 뿐, 대부분의 것은 집에서 손으로 만들었습니다. 마시는 차도 집에서 만들었고 실도 집에서 염색했습니다. 내가 입는 옷은 걸치는 겉옷[6]이며 허리띠도 어머니가 만들어 주신 것이고 내가 신는 짚신[7]은 할아범이 만들어 주었습니다. 이런 집에서 태어났기 때문에 어릴 때부터 손으로 직접 만드는 즐거움을 배웠습니다.

06 이발사[8] 아버지와 딸

가즈에라는 이발사부녀에 관한 것은 동화집 『고향』에도 써 두었지만, 내게 있어 잊을 수 없는 사람들이므로 반복해서 여기에도 썼으면 합니다.

6)  하오리(羽織) : 일본옷의 위의 걸치는 짧은 겉옷. 주로 외출이나 예의 그리고 멋내기용으로서 걸치는 옷이다. 방한용으로도 입는다.

7) 죠리(草履) : 간편하게 발가락을 걸쳐서 신는 일본의 짚신 혹은 샌들모양의 신발.

8) 髪結 : 에도시대에 남자의 머리를 만지거나 수염을 깎는 것을 직업으로 하는 사람 혹은 그 가게

우리 집은 자식이 태어나면 꼭 유모를 붙이는 것이 가풍이 되어 있었으므로 부모님이 나를 위해서 유모를 들였는데 오히나라는 여자였습니다. 나는 그녀의 등에서 업혀 콧노래를 듣기도 하고 잠이 오면 자기도 하면서 점점 성장해 갔습니다. 오히나의 아버지 이름은 가즈에로 마을에서도 허름하기로 소문난 이발사였습니다. 옛날에는 남자라도 머리를 묶었기 때문에 나의 소년시절에는 아직도 머리를 깎지 않고 기르는 사람도 있었습니다. 가즈에는 기름이 벤 이발도구를 손에 들고는 자주 우리 집에 들러서 아버지가 머리를 깎지 않았을 때는 그 머리를 만져주거나 수염을 깎거나 했던 것을 기억하고 있습니다. 그런 추레한 이발사의 딸에게서 자랐다고 나는 동네 사람들로부터 놀림을 당하기도 했습니다. "야, 가즈에의 아들" 같은 소리를 들으며 놀림을 당했던 것입니다.

내가 형들을 따라 고향을 떠날 때, 어렸을 때부터 나를 안거나 업거나 해준 오히나의 집에도 이제는 놀러갈 수 없겠구나라고 생각하고 꼭 이별을 고할 의도는 아니지만 놀러갈 마음이 생겼습니다. 나는 몰래 집을 빠져나가 오히나의 집을 향해서 걸어갔습니다. 마을 뒤편에 묘지가 는 길에서 되도록 아는 사람을 만나지 않는 대나무숲 쪽, 논밭 속의 작은 길 등을 걸어 몰래 숨듯 해서 갔습니다.

이러는 것은 오히나의 집에 놀러가는 것을 누군가에게 들키면 또 사람들로부터 놀림을 당하지 않을까라는 생각에서였습니다.

가즈에의 집은 동네에서도 훨씬 언덕 아래쪽으로 물방앗간에 가까운 곳이었습니다. 한 줄기 물 흐르는 소리가 집 앞 돌담사이를 달리고 있는 것 같은 곳입니다.

마침 가즈에는 집에 있었는데 내가 놀러왔다니까 잘 왔다고 하며 몹시 반겼습니다. 그 기름벤 이발도구 등이 놓여있는 화로 곁에서 나를 위해 냄비로 나물밥을 해 주었습니다. 가지를 좋아한다 했더니 껍질째 둥그렇게 자른 것을 넣어 된장국을 해 주었습니다. 그 궁핍한 화로에서 맛보았던 소박한 이별 식사는 나에게 있어 평생 잊을 수 없습니다.

이후 나는 도쿄에 나와 가지철이 되면 가즈에가 만들어 준 된장국이 자주 생각났습니다. 두 번 다시 나는 그 맛에 비할 것을 만나지 못 할 겁니다.

07 어울리지 않은 사람

전혀 어울리지 않는 것, 내 고향사람인 스에키 헤이지로의 별명. 거짓이 많고 교활하고 유력자에게 약살 빠르게 구는 것을 우리고향에서는 아부한다고 하는데, 누구의 장난인지 모르겠지만 헤이지로에게는 '참깨병사[9]'라는 별명이 붙어 있었다. 그런데 그는 마을에서 정직한 사람이었다. 필시 헤이지로씨는 그런 싫은 별명이 붙여진 것에 신경을 쓸 사람도 아니고 "참깨병사, 참깨병사"라고 불리면 불릴수록 더더욱 거짓없는 사람이 되어갔을 겁니다.

08 열매가 열릴까요? 안 열릴까요?

내가 태어난 마을은 감나무마을입니다. 슬슬 매화꽃 향기가 날 계절에 우리시골에서는 '감나무치기'라는 것을

---

9) 참깨병사는 일본어로 胡麻兵 이라 쓰고 '고마헤이'라고 읽는다. 이건 스에키 헤이지로(末木兵治郎)라는 이름의 兵에 해당하는 '헤이'라는 발음이 반복되므로 별명을 붙이게 된 것으로 보인다.

합니다. 두 남자가 감나무 밑으로 가서 한 명은 손에 쥔 방망이로 감나무 밑동을 마구 치면서 "열리겠습니가?, 안 열리겠습니까?"라고 말하며 재촉합니다. 그 때 다른 한 사람이 감나무를 대신해서 "열립니다. 열립니다."라고 대답하는 것입니다. 세게 치면 칠수록 그해 수확이 좋다고 마을 사람에게 들었습니다. 고향이 그리운 내 가슴에는 이런 옛 풍속까지 떠올랐습니다.

에나산[10]의 기슭

'나가노현, 니시치구마군 미사카무라—' 거기가 어머니가 살고 있는 마을입니다. 마을 어귀의 찻집에는 바쇼옹[11]의 옛 암자가 있고 신노마을과 미노마을의 경계가 있어, 여행자들에게 알려주는 곳입니다. 길가의 전답 사이에는 붉은 기를 띤 자색의 오디가 익어가고 가을바람이

10) 惠那山 : 나가노현과 기후현 사이에 걸쳐있으며 기소산맥(木曽山脈)의 최남단에 위치한 산.
11) 마츠오 바쇼(松尾芭蕉: 1644 ~ 694) : 에도시대 하이쿠시인으로 하이카이로 널리 알려진 사람이다. 도손이 존경했던 인물 중의 한 사람이다.

불 때는 산밤이 떨어지는 기소 길의 입구에 마을이 있습니다. 에나산은 마을에서 가까이 보이는 산입니다. 옛날과는 달리 지금의 기소는 중앙선 철도가 통과하면서 계곡도 갈라져 훨씬 밝아졌지만, 내가 어릴 때는 훨씬 수목이 우거져 있었고 낮에도 어두운 곳이었습니다. 어릴 때 나는 우리 집의 할아범을 따라 마을에서 4킬로미터 정도 산길을 걸어 산제지내는 곳의 사당 앞에 떡을 바치러 간 것을 기억합니다.

뭐 이런 시골이지만, 신노마을 안에서도 가장 서쪽으로 떨어진 산고개위에 있기 때문에 한편으로는 전망이 넓어서 미노마을의 평야 쪽을 볼 수도 있는 곳입니다. 날 좋을 때에는 멀리 희미하게 오우미의 이부키산[12]까지 볼 수 있다고 합니다. 나는 그 에나산 기슭 마을의 엄마를 생각하는 것이 무엇보다도 기쁘고, 언제까지라도 엄마가 슬기롭게 고향사람들과 같이 일할 수 있도록 그것만을 바랍니다.

---

12) 伊吹山 : 시가현(滋賀県)과 기후현의 경계에 있는 산.

　고향이야기를 할 때 기소라는 지명의 의미를 써 보겠습니다. 기소는 木曾라고 쓰고 曾은 '麻'라는 뜻으로 삼베 혹은 모시입니다. 삼의 껍질을 벗긴 것을 木曾 즉 기소라고 하는데 밭에서 잘라온 것을 생소(生曾), 햇볕에 말린 것을 건소(乾曾), 꽃만은 남소(男曾), 그 열매를 여소(女曾), 남소 중에도 길고 큰 것을 중소(重曾) 등으로 부릅니다. 이것은 고향의 말─ 즉 사투리인데 기소(木曾)의 木은 생사(生絲)의 生, 메밀국수(生蕎麦)의 生과 같아서 生 그자체로 삼(麻)이라고 했던 옛 말인 것입니다.

　기소의 삼베라고 하며 고향에서는 예부터 삼을 심어 그것을 업으로 삼았으므로 곧 그것이 이곳의 특산물이 되었겠지요.

11　하얀 개 이야기

　에나산의 뒷산으로 이어지는 미사카고개[13]라는 곳

이 있습니다. 기소지방의 미사카라면 그 고개입니다.

산과 산이 이어진 사이에 옛 길이 남아있는 곳으로 우리 마을 뒤쪽에서 잘 보입니다. '미사카넘기'라고 하여 오래전 옛 여행자는 능선을 따라 이렇게 높은 고개를 넘었던 겁니다.

옛 역사이야기에 야마토 타게루노 미고토[14]가 지방평정이란 중책을 띠었을 때 일행은 두 개 대대로 나뉘고, 감찰 역할을 맡은 기비 타게히코[15]는 에치고[16]를 향해, 미고토는 신노마을로 진출했다고 합니다. 그 귀로가 미고토의 거리가 된 것이 기소의 미사카였습니다.

어쨌든 우리들의 산마을은 계곡이 많고 숲도 깊고 벼랑에는 얼룩조릿대[17]가 무성히 자라있어 새 길이 생겨서 수목이나 바위돌을 깨지 않았을 때는 거머리, 파리, 그 외

---

13) 御坂峠
14) 日本武尊 : 제12대 일본천황의 아들. 일본역사서인 『古事記』와 『日本書紀』에 나오는 신화 상의 인물로 대표적인 영웅. 무예가 뛰어나 동방정벌 등 많은 전투에서 승리함.
15) 吉備武彦 : 야마토 타게루노 미고토의 부하. 역시 신화 상의 인물. 지방평정의 임무를 따라 주로 국경근처로 보내져서 지세나 민정을 관찰하한 후 미고토와 미노마을에서 합류. 이후 야마토타케루노 미고토가 병들자 그 유언을 천황인 아버지에게 전했다.
16) 越後 : 지금의 니가타현(新潟県).
17) 　　　 어둡고 깊숙한 산에서 자란 형태. 조릿대와 비슷하나 겨울동안 잎가장자리에 흰 무늬가 생겼다가 마름.

많은 각다귀 등으로 괴로웠을 정도의 곳입니다.

아주 옛날 이런 산을 넘을 때는 어땠을 까요? 사람이 지팡이에 의지해도 오르기 어렵고 말은 재갈을 물려도 좀처럼 앞으로 갈 수 없었던 것입니다.

옛 전설에 의하면 미코토는 커다란 산을 넘어 봉우리까지 도착했을 때 무척 배고팠습니다. 그래서 산중에서 식사했습니다. 그곳 산신이 미코토를 괴롭히려고 작정하고 하얀 사슴의 모습으로 나타났습니다. 그렇습니다. 하얀 사슴입니다. 수상하게 여겨서 미코토가 바로 마늘 뭉치를 던졌을 때, 그것이 눈에 맞아 수상한 사슴을 죽였습니다. 그 때입니다. 미코토는 길을 잃어 나가는 길을 찾지 못하게 되었습니다. 다행이 한 마리의 하얀 개가 길을 알고 있어 미코토를 안내하려 나와서 그 뒤를 따라 가서 간신히 미노마을 쪽으로 나올 수 있었다고 합니다.

후세 사람들은 이 길을 생각하기를 분명 미고토는 이나[18]의 계곡 쪽에서 미사카고개를 거쳐 이후 기리가하라[19]의 고원으로 나왔을 것이라고 말합니다. 또 미고토의 일행이 에치고를 나와 기비 다케히코를 만난 곳은 지금의 유후네자와[20]에서 나카쓰가와[21] 혹은 오오이[22]근처까지

---

18) 伊那 : 나가노현의 중심도시.
19) 霧ケ原 : 지금의 기후현 나카쓰가와시(岐阜縣 中津川市)

의 사이라고 말합니다. 이렇게 말할 수 있는 것은 옛 에치고국, 엣츄국[23], 히다국[24]의 부근에서 신노마을에 걸쳐 한편 서쪽으로는 기소강이 있는 미노마을의 나에기[25]까지 나있는 길은 훨씬 오래 전부터 생긴 길이라고 말하고 있기 때문입니다.

12 엄마의 상경

세 명이었던 내 형들이 차례차례 고향을 떠나고 나도 나왔는데 그 중에서도 제일 큰 형은 도쿄로 와, 요시무라 아저씨네 근처 여인숙에서 살게 되었으므로 어머니도 우리 형제를 보러 볼일을 겸해서 잠시 상경한 적이 있었습니다. 여자 혼자 여행이라는 것이 고향을 떠난 적인 없는 어머니로서는 드물기도 하고 또 걱정스런 여행이기도 했겠지요.

그 무렵은 지금과 달라서 중앙선 철도도 아직 생기지

20) 湯舟沢 : 지금의 나카쓰가와시에 있는 온천지.
21) 中津川 : 나카쓰가와시.
22) 大井 : 에나시(恵那市)의 중심지역.
23) 越中 : 지금의 홋카이도 도야마현(北海道 富山県)
24) 飛騨 : 기후현 북부지역.
25) 苗木 : 나카쓰와라시의 지역

않아 나고야 쪽으로 해서 가려고 해도 기소의 서쪽에서 도우카이도26)로 나오기까지는 인력거 이외는 다른 탈 것도 없었기 때문이기도 했습니다. 어머니는 고개의 관청 관리에게 나고야까지 배웅을 받고 이후 기차로 상경했습니다. 당시는 아직 도쿄역도 없어 신바시의 옛 정거장이 도우카이선의 입구였습니다. 거기에서 우리는 형과 함께 그 정거장에 마중 갔는데, 어머니는 9년이나 나를 못 봐서 스스로도 자신의 눈을 의심했을 정도라고 했습니다. 게다가 도시정거장의 밤의 혼잡함에 정신이 없어서, 나와 함께 2인승의 인력거에 탄 후에도 이것이 어릴 때 헤어진 내 자식인가하고 아직도 어머니는 그리 생각할 정도였다고 합니다.

"어머니"

하고 내가 차에서 부르는 소리를 듣고 그제야 어머니는 놀란 듯 했습니다.

오랜만에 만나는 어머니는 상당히 나이 들어 보였지만 아직 건강하셨습니다. 추운 지방 사람답게 검은 외투를 입고 왔는데 고향을 떠난 아침은 근처에 벌써 서리로 새하얗다는 말을 했습니다. 윤기나는 능금같이 빨간 그

---

26) 東海道 : 혼슈지역의 동해 쪽 중부를 가리킴

뺨도 변함없었습니다.

어머니가 내가 오랫동안 신세지고 있는 고마움을 말하러 요시무라 아저씨집에 방문해서 이 은혜를 잊을 수가 없다고 말하고 그것을 아저씨 가족에게도 나에게도 말했습니다. 7~8년 전 내가 아직 콧물 흘리던 소년이었다는 말이 요시무라 아저씨의 입에서 나온 것도 그 때였습니다.

요시무라 아주머니도 재밌는 사람입니다. 어머니가 가신 후에 이런 얘기를 나에게 했습니다.

"자네처럼 그렇게 소원한 사람이 있을까? 조금만 더 어머니의 목에 달라붙어 안아드리면 좋았으련만."

제3장 | 두 개의 벼락님과 그 외

01 두 개의 벼락님

소년시절부터 청년에 걸쳐 나는 '벼락'이라는 별명이 붙은 사람을 두 사람 정도 알게 되었습니다. 한 벼락님은 나이가 지긋한 할머니였습니다. 할머니의 이름은 오신이라고 하고 한창 젊은 시절에 기소의 후쿠시마지방의 관리[1]인 야마무라님의 저택에 일하러 갔는데 그 때 붙은 별명이 벼락이었다나? '벼락님인 오신씨'는 대감[2]댁에서 일

---

1) 代官 : 에도시대에 막부를 대신해서 토지관할과 민정업무를 보던 관리.

하는 동료 하녀들로부터 대접받고 존경도 받았던 것 같습니다. 그 별명을 가질 정도의 사람이므로 이후 도쿄에 나와 살게 되었을지도, 양자를 돕고 열심히 일했던 당찬 기상의 부인이었습니다. 이 사람이 바로 요시무라 아저씨의 할머니입니다.

내가 상경 후 신세를 지게 된 것도 거의 이 할머니 덕택이었습니다. 요시무라 아저씨는 서생을 사랑하는 자상한 사람이었고 게다가 고향이 같았으므로 나 같은 사람에게까지 가족처럼 생각하고 보살펴 주었습니다. 나는 아직 교바시구 스키야가시의 타이메이초등학교에 다니는 조그만 소년이었는데 겨울이라도 되면 추워서 손과 발이 얼어서,

"할머니! 동상이어서 아파."

이렇게 말하고 울 때마다 한밤중이라도 일어나 이불 위에서 내 아픈 손발을 두드려준 것도 이 할머니였습니다. 요시무라 아저씨의 집에서는 친척뻘이 되는 한학자, 다케이 요세쓰3)선생의 맏아들에 대한 소문이 자주 나왔습니다. 그 한학자의 아들은 젊어서 죽은 것 같았는데 아까운 사람이었던 것 같습니다. 그 사람에 대한 것을 나에

----

2) 殿
3) 武居用拙 : 1880년대 자유민권운동가. 교육가.

게 들려주며 학문에 정진할 마음을 불러일으켜준 것도 그 할머니였습니다.

　아이고, 여러분! 요시무라댁의 벼락할머니는 팔순노인이 되어서도 아직 멀리서 고래고래 음성이 울렸어요. 할머니가 이 연세일 때는 양자인 요시무라 아저씨도 돌아가시고 친딸인 아주머니도 먼저 떠났는데, 손자뻘인 지금의 요시무라씨가 대를 잇게 되었습니다만, 그래도 할머니만은 건재하였습니다. 이번 요시무라씨도 마음이 깊은 사람이므로 양친을 위해 좋은 묘를 만들려고 오랫동안 준비하여 생각한 대로 지었습니다. 그런데 가족묘가 완성되고 보니 할머니가 말씀하시길 "묘가 너무 커서 나는 마음에 안들어! 나는 좀 작은 묘에 들어가고 싶어" 이렇게 말하고 화를 냈다고 합니다. 요시무라씨은 요즘 그것이 생각나서 편지를 나에게 보내왔습니다. 그 때에도 왠지 조모의 인품이 보였던 것 같다고 편지에 썼습니다. 벼락할머니는 인생의 마지막까지 빛났습니다. 할머니는 그런 사람이었습니다.

　또 한 개의 벼락님은 내가 청년시절에 알았던 동갑내기 학교친구입니다. 마쯔우라 와헤이 이라는 청년입니다. 마쯔우라도 나도 16살부터 20살까지 시로카네의 메이지학원에 다닌 동기입니다.

"마쯔우라의 벼락은 어디로 떨어질지 몰라"

이렇게 학교친구들은 자주 말했습니다. 그런 거친 기상의 사람이었는데 그래도 매사 '결정력'이 좋아서 나도 굉장히 감탄한 적이 있습니다.

학교 기숙사에서는 야간자습시간이 끝나고 맘 맞는 동료들끼리 모여 늦게까지 청년다운 잡담에 자주 빠졌습니다. 어떨 때는 침실까지 얘기하러 오는 사람이 있습니다. 숙소에 체조교사를 겸한 사감이 순찰하러 오는데 이후 그 사감의 구두소리가 기숙사복도에서 사라질 무렵이 되어도, 아직도 얘기 삼매경에 빠진 이가 있습니다. 어떤 이는 침대에 앉고 어떤 이는 창가에 기대거나 하는 것이었습니다. 그렇게 모두가 잡다한 잡담에 빠져 있을 때에도 마쯔우라만은 잘 시간이 되었다고 생각되면 재빨리 침대 위에 누웠습니다. 아무리 재미있는 이야기나 웃음소리가 머리맡에 들려도, 그는 아무렇지도 않게 조금 지나면 깊게 코를 골았습니다. 이것은 좀 달리 말해서 그에게는 이런 '결정력'이 좋은 점이 있었습니다. 이랬던 마쯔우라가 메이지학원을 졸업하고 미국에 유학하여 그 대학에서 공학을 수료하고 혼자 해머를 손에 들고 기계조작법도 현지에서 연구해서 귀국했습니다. 이후 도쿄 아사쿠사의 쿠라마에에 있는 고등공업학교의 선생까지 진출한 사람입니다.

02 처음 세상 여행에서

　이 세상 여행 처음에 나는 몇 명의 나이든 사람을 만났습니다.

　그 중에는 이미 백발인 노인도 있었습니다. 나는 이제 한 걸음 내딛었을 뿐이고, 나이도 어리고 경험도 적습니다. 그런 때에 생각지도 않게 만날 수 있었던 사람들입니다. 자, 그럼 그 중에서 두세 명에 관한 것을 여러분에게 얘기하죠. 그런데 내가 만난 노인은 세상살이 같은 것을 가르치는 사람들이 아니었습니다만 배운 것은 많았습니다.

  ## 오우미[4]의 도공[5]

오우미의 도공인 호리이 라이스케노인은 도공 쪽 일을 할 때의 이름을 타네요시라고 했습니다. 25세의 젊은 나이에 오우미의 제제번[6]의 전속으로 고용될 만큼 솜씨가 뛰어났지만, 메이지세상이 되면서 동시에 칼의 길도 망하였기에 비와호[7]부근의 토리이가와마을에 숨어서 일반농민의 가래나 낫 따위를 만들고 있었습니다.

어떻게 내가 이러한 도공을 알게 되었는가? 그것부터 얘기하죠.

아직 젊었을 때 나도 여러 고장의 여행을 한 적이 있습니다. 지금처럼 탈것도 그리 편리한 시대가 아니라서 기차로 못가는 곳은 짚신을 신고 매일 7리 정도의 길을 걸었습니다. 그 사이에 상당히 지쳐서 잠시 이시야마[8]의 사조[9]라는 곳을 빌려 발을 잠깐 쉬었습니다. 그 주변을 조

---

4) 近江 : 지금의 시가현(滋賀県)
5) 刀鍛冶 : 칼을 만드는 수공업자. 주로 에도시대에 사무라이의 칼을 만들었다.
6) 膳所藩 : 에도시대 오우미 내의 번(지금의 시가현 내 관할구역 중의 하나)
7) 琵琶湖 : 일본 시가현 중앙부에 있는 일본 최대의 호수
8) 石山 : 시가현 내의 지역.

금 얘기하자면 오우미의 이시야마는 옛 역사가 있는 곳으로 고쿠부산을 뒤로 하고 호수의 전망도 앞에 펼쳐져 있으며, 큰 암석사이에 유명한 절이 지어져 있습니다. 사조이란 이 절의 문 앞에 있어 이전에는 참배하러 모인 각 고장의 사람들을 위해 차 접대를 했던 곳이라고 합니다만 내가 갔을 때는 이미 차 접대도 없고 단지 낡은 차를 끓이던 큰 가마만이 남아 있었습니다.

찻집의 주인은 오오즈에 다니면서 일하고 있는 목수, 그 아들은 오오즈의 게타[10]가게에서 일하고 있는 젊은이며, 어머니와 딸인가는 소일을 겸해서 빈 낡은 차 가마 안에 반딧불을 잡아 넣어두고 바구니를 펼치는 것을 매일의 일로 삼고 있었습니다.[11] 이시야마는 반딧불의 명소로 아직 사람의 출입이 없는 곳이므로 어머니들은 그 토산품의 준비를 서두르는 것이겠죠.

뭐, 내가 빌린 것은 그 찻집 안의 방이었죠. 거기에 나는 4월말부터 매실이 생길 무렵까지 보냈습니다. 이시

---

9) 茶丈 : 石山寺 근처의 찻집 겸 숙박처. 시마자키도손이 여행한 이후 이 지역이 관광지가 되었다.

10)

11) 바구니에 잡은 반딧불을 넣는 모양. 여름에 반딧불을 잡아 팔기도 하였음.

야마의 절에 줄 것이라며 찻집 주인이 정원에 심어 둔 꽃들이 피기 시작했고, 마을 아이가 청매실을 줍는 것도 그 때였습니다. 때로는 찻집 아들이 오오즈에서 오면 달이 있는 밤 같은 때에 같이 호수에 작은 배를 띄우고 둘이서 여기저기 돌아다녔습니다. 그런 때에 배에서 피리를 불어 주기도 하는 아들이었습니다.

우연찮게도 도공인 라이스케노인의 소문이 이 젊은 이의 입에서 나왔습니다. 이러는 것은 라이스케노인은 그의 백부에게 발견되었기 때문이었습니다. 내가 처음으로 그 도공을 알게 된 것도 그 때입니다. 들어보니 라이스케노인은 진짜 도공다운 사람으로 그런 사람이 호수근처에 숨어있는 것도 멋스러운 것 같고, 어쨌든 나는 그 사람을 만나보고 싶었습니다.

당시는 도공이란 직업으로 처자를 부양할 수도 없던 때였습니다. 그래서 처자를 부양하려면 아무래도 '가짜'를 만들지 않고는 생활하기가 어렵습니다. 당시 인망이 높은 도공이라는 도공은 모두 그렇게 가짜를 만들어 팔고 있었다고 합니다. 라이스케노인은 이토록 칼의 길이 망한 것을 슬퍼해서 깊은 시골로 숨어들게 된 것이겠죠. 도공으로서 그 길에 일생을 바치기 위해서는 처도 아이도 가지지 않겠다는 그런 결심에도 이른 것이겠죠. 농민의 가래나 낫을 치면서 30년이나 쭉 참고 있게 된 것도 거기에서 시작된 것이겠죠. 들으면 들을수록 나는 만나보고 싶어서 찻집 아들에게 얘기했을 때, 그러면 같이 가보죠. 하고 기분 좋게 받아들여 줬습니다.

　그 길로 차비해서 갔습니다.

　이시야마에서 토리이가와마을까지는 여덟 개의 마을을 지나야 하는 정도입니다. 방문하자 자그마한 가게에는 소문으로 들었던 낫 종류가 진열되어 있습니다. 봉당에는 풀무 등의 도구가 놓여 있습니다. 더운 날이었는데 낡은 속옷[12] 한 장 걸치고 뒷문 쪽에서 나온 60세정도의 은거인이 있었습니다. 이 사람이 라이스케노인이었습니다. 세상의 온갖 풍파를 맞은 것 같은 어깨를 본 것뿐인데도 보통의 은거인이 아닌 것을 알겠습니다.

　노인은 나 같이 어린 나이의 사람도 반갑게 맞아주고 여러 가지 얘기를 해 주었습니다. 도검에 관해 쓴 책 등을 내어 보여주었습니다. 그 중에는 옛검과 신검의 역사가 그림으로 알기 쉽게 되어 있는 것도 있었는데 각각 유행이 다르다고 합니다만, 그림에 나타난 날렵한 칼날의 모양이 마치 해변에 와서는 돌아가는 밀물꽃의 문양처럼 보

---

12)　　　襦袢 : 쥬한. 일본식 기모노 안에 입는 속옷의 통칭.

였습니다. 칼날의 모양만큼 도공의 기질을 잘 나타내는 것도 없을 겁니다. 어떤 것은 있는 그대로의 모양으로 어떤 것은 날카롭고 어떤 것은 화려한 풍으로.

그때 이런 얘기도 나왔습니다. "칼이란 500~600년 사이에 한 이름 높은 도공이 나오면, 아무리 후대의 사람이 공부를 한다하여도 어딘가 모르게 옛날 사람에 비해 모자랍니다. 전혀 옛 사람이 생각지 못한 새로운 기술로 이것이 스스로의 것이라고 말할 수 있는 칼이 좀처럼 나오지 않는 것입니다."라고.

그리고 라이스케노인은 자신이 만든 칼을 꺼내 와서

"내가 만든 칼은 보기에는 그리 좋아 보이지 않지만 사람은 벨 수 있습니다."

이 말을 반쯤은 혼자말로 하면서 하얀 칼집에서 칼을 빼 보였습니다. 냄새라고 말해야 하나 울림이라고 말해야 하나, 나는 그 칼을 형용하진 못하겠지만 보는 동안에 마음이 붕 뜬듯하였고, 특히 힘 있어 보이는 그 칼의 무거움에 놀랐습니다. 라이스케노인은 그 나이가 되어도 사물을 배우려는 마음이 쇠약해지지 않은 사람으로 보였는데 도공이라곤 하지만 『여지지략』13)같은 지리서를 옆에 두고

---

13) 與地誌略 : 에도후기(1826)의 지리서 총7권. 독일이 처음 출판했지만 네덜란드어로 번역된 것을 당시 유일한 서양교역국이었던

세계에 관한 것을 알려고도 했었습니다. '노인이 되어도 이런 사람도 있구나' 하고 생각했습니다.

그 이후에 아직 이시야마에 머물고 있을 때, 한 번 찻집으로 라이스케노인을 맞이한 적이 있습니다. 노인이 찾아주었으므로 나는 함께 조촐한 식사를 대접할 참으로 일부러 세타14)쪽까지 호수명물의 잉어 등을 사 와서 요리했습니다. 그런데 잉어의 내장을 빼는 것을 잊어버린 것입니다. 정작, 노인을 손님으로 함께 젓가락을 들었을 때 내가 삶은 잉어가 써서 크게 웃은 적도 있었습니다.

그 때 노인은 평상시에 쓴 와카15)나 하이쿠16)를 가지고 와서 나에게 보여주었습니다. 수준급은 아니었지만, 솔직하게 생각을 펼친 것이었습니다. 필시 백성을 상대로 해서 오랜 토리이가와마을의 시골생활이 그런 와카가 되고 하이쿠도 된 것이겠죠. 나는 또 이 라이스케노인이 붓을 드는 팔에 무거운 돌을 붙들어 매었을 정도로 서예 쪽

네덜란드인에게 의해서 일본에 전해져 이것을 일본어로 번역하게 되었다. 세계 각국의 지리를 기록한 책. 이후 메이지유신으로 근대화되면서 메이지초기 계몽의식과 합쳐져 베스트셀러가 되었다.

14) 瀨多 : 홋카이도(北海道) 이시야마쪽 강 하류지역.
15) 和歌 : 일본의 사계절과 남녀간의 사랑을 주로 노래한 5·7·5·7·7의 31자로 된 일본의 정형시.
16) 俳句 : 일본 고유의 단시형(短詩形).

에도 공부를 많이 한 사람이라고 들었기에, 써 주실 문구도 당장에는 생각이 안났지만 단어만 말해주면 기꺼이 써줄 듯 했습니다. 그 때 나는 평상시에 외울 정도로 좋아하는 옛 중국인의 시를 택해서 보냈는데 얼마 후 완성되었다고 하고 보내준 것을 보자 실로 멋진 필적으로 나는 놀랐습니다.

사람의 인생은 알 수 없는 것이죠. 라이스케노인같은 도공이 오우미의 벽촌에 묻혀버리지 않고 또 도쿄에 나갈 날을 맞이하는 것은 노인 자신조차 꿈에도 생각지 못한 것이겠죠. 청일전쟁17)이 나자 라이스케노인같은 사람의 솜씨가 한 번 더 도움이 될 때가 온 것입니다. 마침 나는 도쿄의 유시마18)쪽에 있어 고향에서 상경한 어머니와 함께 조그마한 집을 빌려 있었습니다. 어느 날 라이스케노인이 유시마의 집에 방문해서

"나도 칠십이 되어 또 세상에 나왔어요."라고 말했습니다. 얼마나 나도 이 만남을 기뻐했는지.

그 때 노인은 명함 대신이라 말하고 만든 작은 칼을

---

17) 淸日戰爭 : 1894년 6월~1895년 4월 사이에 청(淸)나라와 일본이 조선의 지배권을 놓고 다툰 전쟁. 일본이 승리하여 이후 청나라는 조선에서 물러났으며 본격적으로 일본이 조선의 지배권을 획득하고 내정간섭을 하기 시작하였다.
18) 湯島

선물했는데, 그런 작은 칼 한 자루에도 소홀하지 않으려
는 노인의 기상이 나타나 있었습니다.

　　상경 후 라이스케노인이 일하는 곳은 시바[19]의 다가
나와였는데, 이번에는 내가 방문한 적이 있습니다. 한 제
자를 양자로 삼고 좋은 망치가 생겼다고 하고 나에게 보
여준 것도 그 때였습니다. 당시 도공이라고해도 노인이
제일 연장자라고 하며 좋은 칼을 만드는 자가 점점 없기
때문에 조만간 학교를 지어두고 싶다, 그리고 도공을 키우
고 싶다는 말이 있었던 것도 거기에서 였습니다. 노인은
또 한 장의 두꺼운 철판을 내 앞에 내 보였습니다. 그것은
청일전쟁의 기념물이었습니다. 적탄을 맞은 군함의 일부
를 가져온 이후, 수선할 곳을 자른 것이었습니다. 해전기
념으로 어느 해군장교로부터 한 개의 단도를 그 철판으로
만들어달라고 부탁받았다는 말도 그 때 나왔습니다. 필시
라이스케노인처럼 일생을 칼의 길에 바치고 이 세상을 걸
으면 걸을수록 빛나게 살아간 도공도 드물 것입니다.

---

19) 芝 : 도쿄도 내 한 지역.

구레씨 가문은 훌륭한 학자를 배출했습니다.

같은 가문에서 태어난 형제들이 모두 학문의 길에 다다랐다는 것도 실로 대단한 일이 아닙니까? 구레 구미코씨도 이 가문에서 태어난 사람이었습니다. 이 사람은 메이지여학교[20]에서 글자를 배우며 사감을 겸하여, 많은 학생들로부터 어머니처럼 추앙받는 부인이었습니다. 그 전통 있던 학교도 문을 닫을 때가 되어 선생님이 한 명 가고 두 명 가고 하게 되었습니다. 그 중에서 학교가 번성했을 때도 쇠퇴했을 때도 조금도 변하지 않고 항상 처음과 같이 사람을 가르치고 지치지 않은 자는 구레 구미코 씨였습니다. 이런 사람의 인생은 특별히 눈에 띄지는 않으므로 그다지 세상에 알려지지 않고 그 사람의 업적도 대부분 전해지지 않습니다. 그러나 나는 구레 쿠미코씨 같은, 남자도 미치지 못할 만큼 학교를 끝까지 지켰던 뛰어났던 부인이 있었던 것을 기억합니다. 제일 마지막까지 디디고

---

20) 明治女學校 : 1885년~ 1909년까지 도쿄에 있던 여학교. 미션학교였지만 교리보다는 개화기의 여성이 나아갈 길을 교육하는 학교였다.

서서 그 학교와 운명을 함께 한 사람도 구레 구미코 씨였습니다.

05 구리모토[21] 선생님

매사에 앞장서는 것과 맨 뒤에 따라오는 것과는 어느 쪽이 용기가 필요할까요? 앞쪽 사람은 앞장서 가시가 있는 가시나무 길을 뚫고 가므로 용기가 없어서는 안 되겠지만 뒷사람도 용기가 필요함에 있어 뒤지지 않습니다.

여러분도 아시다시피 일본이 메이지시대가 되기 전에는 도쿠가와의 세상이었습니다. 어느새 도쿠가와의 세상도 여기까지라고 하기에, 많은 사람이 방황하고 일도 손에 잡히지 않은 가운데 뒷처리를 게을리하지 않았던 세 명의 사람이 있습니다. 여러분은 이와세 타다나리[22], 오

---

21) 栗本鋤雲(1822~1897) : 에도말기 막부직속 신하. 메이지시대 사상가. 메이지 신정부는 구리모토의 능력을 높이 평가하여 등용을 촉구했지만 막부에 대한 배신이라고 생각하여 끝까지 정계로 나아가지 않고 저널리스트로만 활동하였다.
22) 岩瀬肥後(1818~1861) : 에도말기 막부직속신하이며 외교관이었음. 막부말기 열강들과의 절충에 최선을 다하였다. 도손의 『夜明けの前』에도 등장한다.

구리 고즈케노스케[23]의 이름을 기억해 줬으면 합니다. 지금 얘기하려고 하는 구리모토 조운 선생님도 그런 세 명 중의 한 명입니다.

선생님의 어릴 때 이름은 뎃산이며 호를 조운이라고 했습니다. 선생님은 이마도 넓고 코도 두껍고 귀와 입도 컸기 때문에 '괴물 조운'이란 별명을 가졌을 정도입니다. 그만큼 남다른 용모를 가진 사람이었습니다. 특히 본초학이란 학문에 대해, 약초에 대해 정통했기 때문에 도쿠가와막부의 제약국에 근무한 의사였습니다만 사정이 있어 멀리 북쪽 홋카이도쪽으로 보내져서 하코다테[24] 관할의 우두머리로 역할을 다했습니다. 선생님이 성인식을 치른 것도 그 무렵이었습니다.

당시 하코다테 주변은 아직 '에조땅'이라고 해서 막 개척된 쓸쓸한 곳이었는데 선생님은 6년이나 견디며 병원과 의학관청을 세우고 약초농장을 일구고 소나무와 삼나무 그 외 나무의 묘목을 내지에서 가져와 옮겨심기도 했

---

23) 小栗上野介(1827~1868) : 에도말기 막부의 신하. 미일수호통상조약 때에 파견된 사절 중의 한 명. 이후 미국으로 건너가 세계를 일주하고 귀국. 이후 막부에 충성하며 일본 근대화에 매진했다. 1868년 메이지 신정부에 의해 참수되었다.
24) 函館 : 北海道 내의 항구도시. 혼슈(本州)와 마주하는 홋카이도의 관문이다

습니다. 그 '에조땅'에 면양과 소를 기르고 양잠업을 할 수 있었던 것도 선생님의 감독으로 시작한 것입니다. 수로공사를 일으켜 구네베쯔가와[25]에서 배를 하코다테로 통하게 한 것도 선생님이었습니다.

뭐, 어쨌든 신규로 시작한다고 하는 것은 뼈를 깎는 듯한 고통이 있었겠죠. 어디를 가도 개척, 개척으로 선생님같은 사람의 힘을 기다리고 있을 뿐이었습니다. 일본에서도 훨씬 북쪽 끝은 러시아경계이므로, 그 때부터 시끄러웠던 곳. 선생님은 가라후도[26]의 순찰을 명받아 북위 48도 근처를 연구하기 위해 한 겨울을 극한의 땅에서 보내고, 이후 섬들을 순찰하고 하코다테에 돌아온 적도 있습니다.

구리모토 선생님의 긴 생애에 있어 이 하코다테시절의 6년은 좋은 준비의 때였겠죠. 내가 여러분께 얘기하고 싶은 것도 이것이에요. 선생님의 하코다테시절은 충분히 쓸쓸했을 것이지만 그 6년 동안 선생님이 여러 가지를 경험해 본 것은, 이후 에도에 나와 더욱 큰 무대에서 활약한 때에 큰 도움이 되었습니다. 병원과 의약관청을 세운 것도 약초농장을 열었던 것도 묘목을 옮겨 심은 것도 목축,

---

25) 久根別川
26) 樺太 : 樺太島. 러시아말로 사할린 지역.

양잠, 수로공사의 감독 등, 무엇하나 쓸모없는 것은 없고 그것이 무엇이든 다른 일을 할 때 도움이 된 것이었습니다. 왜일까요? 선생님은 자신의 실패까지도 도움이 될 것을 알고 있었던 거예요. 이것이야말로 진짜 '경험'이란 것이겠죠.

에도에 다시 복귀하면서 선생님은 쇼헤이코[27]라는 명성있는 학교의 책임자를 명받아 상급사무라이 수준으로 진급했을 뿐 아니라 감찰이라는 누구나 부러워하는 중요한 역할을 맡게 되었습니다. 그것뿐만이 아닙니다. 당시는 외국군함과 상선이 점점 국내 항구로 모여들게 되어, 일본은 큰 소동이 일던 때이므로 그 담판을 담당할 외국담당 관청은 용기있는 사람이 아니면 맡을 수 없었습니다. 선생님은 가장 최후에 그 어려운 외국담당 관청을 맡고, 도쿠가와의 큰 재정을 돌본 사람 중의 한 사람이었습니다.

그런데 메이지의 시대가 되니, 이전 구리모토같은 선생님들이 새로운 일본을 위해 여러 준비를 해 두었던 것을 시간이 지나니 알게 되었습니다. 이 나라를 열고 세계 각국과 수호조약을 맺은 것도 바로 선생님들이 준비해 두

---

27) 昌平敎 : 에도시대의 학교 교육기관.

었던 것입니다. 시모노세키배상금[28]의 담판, 요코스카조 선소의 건축, 육군 군제의 개혁, 이것들은 모두 선생님이 앞서 말한 오구리 고즈케노스케 등과 함께 힘을 합쳐 준비해 둔 것입니다. 오늘날 요코스카에 일본 배를 만들거나 수선하는 곳이 있고, 동양 유일의 명물이 된 덩크가 있는 것도 근본을 따지자면 선생님들이 도쿠가와 세상의 뒷처리를 하면서 잘 '마무리'를 담당했던 그 유물은 아닐까요? 모두 도쿠가와 세상의 말기에 있었던 것은 큰 흑막의 뒤에 숨어버리고 그 무대 위에서 활약했던 사람들의 뼈아픈 고통도 보이지 않으므로, 세상이 이 사실을 아는 이도 적습니다. 그러나 선생은 자신의 공로를 자랑하는 사람이 아니며, 어디까지나 도쿠가와시대의 '마무리'로서, 혼죠의 기타후타바마치[29]로 물러나 머리가 하얗게 될 때까지 도쿠가와 세상을 배웅했습니다.

나는 마음도 약하고 세상물정도 모를 때에 구리모토 선생님같은 사람을 알게 된 것을 행복하게 생각합니다. 내가 혼죠의 기타후타바마치를 방문했을 때는 선생님은 이미 70세를 넘기고 여러 종류의 작약을 정원에 심고, 주

---

28) 청일전쟁의 전후 처리를 위해 시모노세키에서 협정한 조약. 일본의 승리로 청나라는 일본에 막대한 전쟁배상금을 치러야 했다.
29) 本所區 北二葉町 : 페번치현이 되면서 도쿄은 15區로 나뉘었다.

거지를 '샤코우엔'30)이라 하며 나머지 인생을 활기차게 보내고 계셨습니다. 선생님 쪽에서 보면 나는 아이 같았겠지만 방문할 때마다 기쁘게 맞아 주시고,

"우리집 아들도 학교에서 돌아올 때가 되었으니 만나 주세요."

라고 말씀하셔서 어떤 아들일까 했더니 아직 초등학교에 다니고 있는 소년이었습니다. 그런 아들이 선생님같이 연세 있으신 분에게 있는 것도 신기하게 생각했습니다.

선생님도 매우 능청맞은 곳이 있어 나같이 훨씬 나이 차이가 나는 사람과 있어도 농담을 곧잘 하셨습니다. 마지막으로 내가 방문했을 때는 선생님이 벌써 칠십 오·육 세에 가까워 병석에 누워계셨지만, 그래도 머리맡에 나를 불러 만나주셨습니다. 나는 더욱 선생님에 대한 여러 가지를 들었으면 좋았을 것이라며 지금도 생각합니다. 하지만 선생님같은 사람을 만난 것만으로 매우 영광스럽게 생각합니다. 왠지 자주 생각나는 것을 보면 역시 선생님에게는 다른 사람과 다른 점이 있었던 것이겠죠.

---

30) 借紅園 : 구리모토 선생님의 거주지 별칭.

헌옷가게 주인

나는 헌옷가게 주인을 한 사람 알고 있습니다. 이 가게 주인은 미노31)지방에서 나온 사람인데, 메이지학원에 다니던 내 학창시절에 구두가게를 해서 목달이 구두32) 한 켤레를 만들어 주었습니다. 이후 친하게 된 사람입니다.

나도 지금까지 여러 사람을 만나봤지만 이 헌옷가게 사람만큼 여러 사업을 한 사람을 만나본 적이 없습니다. 미술공구 가게 사장, 연지제조업, 종이 만드는 것에서, 조선무역으로 나가 귀국하여 오사카에서 기슈숯33)을 팔고, 도쿄로 이사 온 후 우선 유리가게에 취직한 그 다음이 바로 구둣가게를 한 때였는데, 이후로도 이와시로34)의 구로모리라는 곳의 광산 감독이 되고, 다음에 주식시장의 중간매매 지배인이 되었습니다. 파라핀공장의 직공도 되었고 바늘장사도 하였고, 그 후 요코하마에 갔습니다. 그 직

---

31) 美濃 : 현재 기후현의 일부. 이전 행정구역의 명칭.
32) 발목까지 편물로 짜거나 가죽 등으로 대어 만든 구두의 총칭.
33) 숯의 종류로 특히 혼슈의 와카야마현 와카산(和歌山)근처에서 만든 품질이 좋은 숯을 기슈숯이라 하였다.
34) 岩代 : 옛 지방의 이름(지금의 후쿠시마현(福島県) 중앙부와 서부).

전에 건전지제조의 조수로도 잠깐 일했습니다. 다시 바늘 장수가 되어 가게를 그만둔 후 이번에는 뭘 했는가하면, 뭐 그것도 뭔가 하나 했습니다. ―야채나 고기 등의 조림을 파는 장사를 했습니다.

그 후 초등학교의 행정사무원이 되어 그것이 마지막이라 생각했더니 아니, 인쇄소 직공이 되었고, 이후 이번은 헌옷가게를 하게 되었습니다.

이 헌옷가게를 한 것은 언제라도 신규 사업으로 바꿀 수 있기 때문이었습니다. 전에 여러분께 얘기한 구리모토 선생님 등과는 전혀 반대로 '경험'이란 것이 반드시 도움이 되지 않는다는 것을 왠지 가르쳐 보여준 것도 이 헌옷가게 사장이었습니다. 왜 그런가 하면, 구리모토 선생님은 자신의 실패까지도 도움이 되려고 했지만 이 사람은 그것은 도움이 된다고 생각하지는 않았기 때문에.

01 교사는 친구들 중에서도

친구는 모두 젊었을 때를 생각하면 나와 동년배도 없었지만 제일 연배도 네 살 정도의 차이이고 어떤 이는 세 살 위, 어떤 이는 두 살 위, 그 중에는 나보다 어린 이도 있었습니다.

그렇게 연배도 비슷했기 때문에 서로 오랫동안 편지를 주고받았고, 받은 편지는 소중히 간직하고 몇 번이나 읽어보기도 했습니다. 귀한 책이라도 구한 사람이 있으면 그것을 모두에게 돌리고 서로 읽어보게 하고 때로는 복사

했습니다. 이런 것 뿐 아니라 아저씨나 형들에게 얘기할 수 없는 것도 서로 얘기할 수 있었던 사람은 친구들이었습니다. 추운 날에도 기어코 서로 오가며 한 장의 이불을 서로 덮고 긴 겨울밤을 보낸 적이 있는 것도 그 친구들과 함께였습니다.

어떤 친구는 어린 나이이지만 판단력이 강하고, 어떤 친구는 배려심이 깊고, 또 어떤 친구는 마음가짐이 좋아서, 얼마나 내 주변에 있는 친구들로부터 배웠는지 모릅니다.

02 작센[1] 바다

독일의 하이네라는 사람이 선배인 괴테를 찾아간 것에 대한 얘기는 아직 내가 어렸을 때 어느 책에서 본 것으로, 그 얘기가 새삼 내 마음에 떠오릅니다. 어릴 적 하이네는 그 선배를 찾아갈 때를 가슴에 그리고, 만일 괴테를 만날 수 있다면 이렇게 말해야지 저렇게 말해야지하며 여

---

1) 독일의 작센지방

러 가지 생각을 하면서 긴 겨울밤을 보낸 적도 있다고 합니다. 그런데 만나보니 선배는 그저 작센 바다의 훌륭한 점을 하이네 앞에서 말하고 미소를 지어 보일 뿐이었다고 합니다.

여러분은 이런 얘기를 들으면 아마 아쉽게 생각되겠죠? 그러나 이것은 이것대로 좋아요. 그때 선배를 만날 수 있었어도 그리 갑자기 여러 가지 얘기를 꺼내게 되는 것도 해서는 안될 거예요. 필시 그 사람을 만난 것만으로도 만족하여 젊은 날의 하이네는 그리 실망할 것도 없이 자신은 자신의 길을 간다고 생각했을 거겠죠.

03 ## 젊은 친구의 죽음

여러분은 친구를 잃은 적이 있습니까? 나에게는 27세의 젊은 나이에 죽은 한 사람의 친구가 있었습니다. 내가 그 사람을 알게 된 것은 죽기 3년 전 정도로 그렇게 짧은 교제기간이었지만, 이상하게도 그 친구는 죽은 뒤에 나에게 여러 가지 말을 걸어오는 듯 싶습니다. 그 사람이 남긴 말이 마음을 전하고 있었습니다. 정말로 그 친구는 멀리

저승에서도 큰 소리로 마음을 보내올 것 같은 사람이었습
니다.

○4 빗자루나무[2]

　가도 가도 멀리 있는 것, 기소지방의 소노하라마을[3]
에 있는 빗자루나무. 이것은 내 고향 쪽에 남아 있는 옛
전설입니다.

　전에도 말했듯이 기소지방의 옛길은 험한 산중이어
서 길을 잃은 여행객도 적지 않았으므로 그런 전설이 생
겨났겠죠. 빗자루나무는 '댑싸리나무'. 높이는 4·5척 정도
의 풀. 평지에 있어 좀 멀리서는 보이지도 않습니다. 그래
서 높은 곳에서 내려다보는 느낌으로, 계곡 밑에 숨어있
는 산골의 풀을 말하는 것이겠죠. 그 빗자루나무가 가도
가도 멀어진다는 뜻으로 험한 산길을 밟으며 고생한 옛

2)　帚木 : 신노(信濃国-지금의 나가노현의 옛 이름)지역
　　의 오두막집 등에 있던 나무. 멀리서 보면 마치 빗자루
　　처럼 보이나 가까이 가면 보이지 않는 전설상의 나무.
3) 園原の里 : 현 나가노현 아치마을에 있는 관광명소 중의 하나.

사람들의 여행소감을 나타내지 않았나 생각합니다. 좀 재미있는 전설은 없는 걸까요? 이 전설에 빗대어 빗자루나무에 비유한 옛날 노래도 있어요.

05 마음을 바꾸러

왜 이런 전설을 여러분 앞에 가지고 왔는가하면 어릴 적 내가 목표로 한 것도 마치 그 빗자루나무에 닮아 있기 때문입니다. 가도 가도 그것은 멀어질 뿐. 그만큼 내가 걸어가기 시작한 것은 걷기 힘든 길이었습니다. 어떻게든 마음을 바꾸려고 가즈사[4], 훗쓰[5] 쪽에 휴양하러 간 지인을 방문하면서 작은 여행을 해 본 적도 있습니다.

06 가즈사행의 배가 생겼을 때

그 무렵 요코하마에서 가즈사행의 배가 나왔습니다.

---

4) 上總 : 치바현(千葉県)의 중앙부.
5) 冨津 : 치바현 내의 시.

짐을 싣고 요코하마와 훗쓰 사이를 왕복하는 배편이었는데 선장에게 부탁하면 겨우 10전의 배 삯으로 누구든 태워주었습니다.

나는 요코하마에 있는 다리 한 곁에서 이 배를 탔습니다만 마침 날씨도 좋고 바다위로 나온 뒤로는 한껏 끌어올린 돛의 힘으로 근해를 건너가는데, 마치 파란 다다미 위를 미끄러져 가는 듯 했습니다. 태양님이 높게 뜨자 배에서는 점심밥을 줍니다. 그것은 선장이 불을 피운 설익은 밥과 단무지를 향처럼 잘게 자른 것 입니다. 돛대 쪽에서 바람을 맞으면서 먹으니 그런 점심이 실로 맛있었습니다.

07 카노산[6]

기미쓰에 머물고 있는 지인에게 안부삼아 간 뒤, 그 어촌마을에서 걸어가면 호슈[7]쪽으로 갈 수 있는 길이 있

---

6) 鹿野山 : 치바현 기미쓰시(君津市)에 있는 산.
7) 房州 : 아와(安房)지방의 다른 이름. 지금의 도가이도(東海道)에 속함.

다는 걸 알았습니다. 카노산이라는 산 하나를 넘으면 니치렌[8]이 태어난 절로 알려진 고미나토[9]쪽으로 나오는 것도 알게 되었습니다. 겸하여 나는 니치렌의『고조유문록』[10]라는 책을 읽고 가마쿠라시대에 유명한 승려가 태어난 지방이 보고 싶어졌습니다. 게다가 그 책을 내가 구한 곳은 흔한 서점이 아니라 도쿄 니혼바시 닌교쵸[11]의 쌈지주머니를 파는 가게였습니다. 후지카게인가 뭔가 하는 아무개 니치렌종의 신자로 대머리 노인네가 모은 총9권 정도의 감색표지의 약간 작은 형태의 일본식으로 장정한 책을 찬장 깊숙한 곳에서 꺼내 와 고맙게도 그것을 나에게 팔아줬습니다. 주인의 추억까지 전해져 나의 발을 고미나토로 향하게 한 것입니다. 산 넘을 때는 상당히 추울 때라고 듣고 하얀 모포를 둘러쓰고 또 각반[12], 짚으로 몸을 두르는 등 재밌는 복장으로 나갔습니다.

높은 고개에 다다를 때까지 나는 얼마나 걸었는지 지

---

8) 日蓮(1222 ~ 1282) : 치바현출생. 일본 불교종파의 하나인 니치렌종(日蓮宗)의 개조로 독자적인 법화불교를 수립하였다. 이 문파가 한국에 들어와 일련정종(日蓮正宗) 등을 이루었다.
9) 小湊 : 시바현 아마쓰시(天津市)의 작은 마을.
10)『高祖遺文錄』: 1880년에 출판된 니치렌종의 경전관련 서적.
11) 日本橋人形町 : 도쿄 츄오구(中央区)의 옛 이름. 상점가.
12) 脚絆 : 걸을 때 아랫도리를 거뜬하게 하고, 방한과 보호를 위해 발목에서부터 무릎 아래까지 감거나 돌려 싸는 띠.

금은 확실히 기억나지 않습니다. 그런데 도중에 내 눈에 비친 것과 길을 묻고 물어 걸어갔던 그 마음 등이 앞뒤 순서없이 가끔 지금도 생각날 때가 있습니다. 그중에는 어제처럼 실로 선명하게 눈에 아련할 때도 있습니다.

그래, 그래, 그 강 길을 따라 뗏목을 타고 내려가는 사람이 있었다는 걸 생각해 낸 것도 그 중 하나입니다. 그건 나무뗏목이 아닌 대나무뗏목이었던 것이 신기했던 것이 기억납니다. 길안내를 못하는 나도 그 강에 대해 미나카미[13] 쪽으로 갈 수 있다면 좋겠다고 느꼈습니다. 점점 걸어가는 동안에 강물은 계곡 아래쪽으로 모여 낭떠러지 같은 길이 나왔습니다.

그 때입니다. 나는 낭떠러지 옆에 떨어져 있는 돌을 주워 그것을 계곡 쪽으로 던져 보고 점을 쳐 보기로 했습니다. 나도 아직 어렸을 때라 그 돌맹이가 강물에 다다르면 스스로 정해둔 미래의 목표를 바꾸지 않고 나갈 것이다. 만약 그 돌이 못 미치면 자신의 분야는 아니라고 생각하고 좋아하는 길이지만 포기하겠다. 그런 식으로 갈피를 못잡고 방황했던 것입니다. 그런데 어떻게 됐을까요? 내가 던진 돌은 한 개는 강 앞에 떨어지고, 한 개는 강 중간

---

13) 水上 : 군마현(群馬縣) 내의 마을. 강을 끼고 있으며 온천으로 유명하다.

에 떨어져 어떻게 하면 좋을지 몰랐던 적도 있었죠.

카노산은 가즈사와 효슈의 양 쪽에 걸쳐져 있는 산입니다. 내가 넘은 고개는 그 산에 인접한 곳으로, 고개 위에는 한 칸의 집이 있을 정도의 외진 곳이었습니다. 지나가는 사람도 거의 없었습니다. 나는 그보다 이전에 이가14)와 오우미의 쓸쓸한 마을경계를 걸어 넘었던 적도 있습니다만 카노산의 고갯길은 약간 쓸쓸한 정도였습니다.

08 고미나토에

호슈의 고미나토 근처 마을에 사는 농가의 젊은 주인이 나를 니치렌의 탄생사15) 쪽으로 안내해 주려했습니다.

젊은 주인은 내가 이전에 신세를 졌던 요시무라씨 댁에서 하녀로 와 있던 딸의 오빠입니다. 대개 그 당시 호슈 부근 농가의 딸은 도쿄에 나와 하녀살이를 하지 않으면 어린 나이에 시집을 가야 했을 정도로, 마을이 그런 분위

---

14) 伊賀 : 우에노(上野)지방의 마을.
15) 誕生寺 : 치바현 고미나토에 있는 니치렌종(일련종)의 대본산.
    니치렌의 탄생을 기념하기도 함.

기였으므로 그 동네에서 온 요시무라씨 댁에서 일한 딸은 두 명이나 있었습니다. 그런 조금의 연고로, 길치였던 내가 고미나토 쪽을 갈려고 했을 대 우선 맞이해준 사람이 그 젊은 주인집입니다. 자주 들러서 길안내도 하려고 우선 여장을 풀고 숙박을 하려면 우리 집에 있으라고 하며, 젊은 주인의 어머니까지 끈질기게 잡으므로 생각지도 못한 대접을 받았습니다. 점점 들어보니 도쿄의 주인집 쪽에서 이렇게 찾아와 준 적은 거의 없다. 이렇게 하는 것도 딸들이 하녀살이 하는 곳에서 일을 제대로 하지 않았기 때문에 잘 대접해야 한다고 말하며, 내 방문이 농가의 사람들을 기쁘게 한 것입니다. 그런데 농가라고 해도 화로는 넓고 크고, 곳간이 있는 상당한 살림살이로 이런 가정에서도 딸을 도쿄에 하녀살이를 보내는가하고 생각했습니다.

다음날은 그 집 젊은 주인의 안내로 탄생사의 부근에서 반나절을 보냈습니다. 해안가까지 나가면 그물도 말리고 있고 비린내 나는 생선냄새가 나며, 바다에서 캐온 해초를 데치고 있는 것이 보이고, 바깥에 큰 가마솥을 걸친 흙아궁이에서는 푸르스름한 연기가 피어오르는 모습도 눈에 보였습니다.

밤에는 다시 젊은 주인집으로 가서 모두 농가에서 피

는 모닥불 주변에 모였습니다. 요시무라씨 댁에서 일하고 있는 딸들도 부모님 곁에 돌아온 후에도 각각 연락을 취하고 있었기에, 내가 왔다는 소리를 듣고 만나러 왔습니다. 모두 젊은 엄마들이 되어 있었습니다. 붉게 타오르는 모닥불이 모두의 얼굴에 비춰질 무렵 도쿄의 요시무라씨 댁에 관한 얘기가 여기 저기 나왔었죠.

이번 호슈행에는 탄생사를 보는 것만으로도 만족했습니다. 니치렌이 청년시절을 보낸 기요스미야마16)까지는 안 갔습니다.

09 ## 현관지기

은인인 요시무라씨의 댁이라면 내가 소년시절부터 청년시절까지를 보낸 곳입니다. 말이 나왔으니 하는 말인데 내 서생시절을 여기 조금 써볼까 합니다.

요시무라 아저씨는 인간관계가 넓은 분이어서 여러 부류의 손님이 아저씨를 만나러 왔는데 그중에서도 현관

---

16) 淸澄山 : 치바현 기노산에 이어져 있는 산.

에서 들어오는 사람과 부엌 쪽으로 들어오는 사람이 있었
습니다. 부엌문으로 들어오는 사람은 주로 집안사람, 앞
치마에 띠를 두른 니혼바시 오오덴마쵸[17]부근의 큰 상점
의 젊은이, 연극이 바뀔 때마다 새 배우표를 배포하러 오
는 연극찻집의 젊은 사람들, 부근 강가에 사는 사모님과
딸들 등이었습니다.

"교도쿠[18]"

라고 하고 매일 교도쿠방면에서 생선을 짊어지고 오
는 남자가 짐을 내리는 곳도 그 부엌 입구였습니다.

현관으로 오는 손님은 입구의 문을 열고 들어와서 문
지기나 서생 등에게 청하는데 그 응접이 내 일이었습니
다. 공손히 손을 모으고 예를 표하는 것, 손님 이름을 안
에 전달하는 것, 안내하는 것, 차를 내오는 것, 손님의 겉
옷을 받아 두는 것, 그리고 정원주변을 정갈히 청소하는
것 등, 긴 세월동안에 나는 익숙해져서 그것을 내 일이라
고 생각했을 뿐만 아니라 현관에 앉는 것을 한층 기쁘게
생각하게 되었습니다. 나는 자주 그 좁고 작은 방에서 좋
아하는 책을 읽었습니다. 지금 생각하면 내 공부 외의 다
른 친구들도 함께 만난 것도 이런 현관지기가 도움이 되

---

17) 日本橋 大伝馬町 : 도쿄 츄오쿠의 마을이름
18) 行德 : 마을이름

었다고 생각합니다. 이렇게 말하는 것은 여러 용무로 아저씨를 만나러 온 남녀손님을 만나거나 보내거나 하는 동안에 얼마 정도라도 다양한 세상을 보는 눈이 열렸을 뿐만 아니라, 우리와는 전혀 교육방식이 틀린 소년과 청년, 도쿄의 다른 지역에 연계되어 일하는 집의 젊은이들, 그리고 지방을 떠나온 하인 등의 풍습을 이해할 수 있게 된 것도 이런 현관지기의 덕분이었습니다.

10 『소공자』의 번역가

『소공자』의 번역가로서 알려진 와카마쓰 시즈코[19] 씨가 죽고, 그 유골이 묘지로 보내질 때였습니다. 이 사람은 본명을 오카시라고 했는데 요코하마 페리스여학교[20]를 조기에 졸업하고 이와모토씨에게 사사받은 사람입니다만, 그 재능과 인품은 알고 있기에 너무 아까울 뿐 아니

---

19) 若松賤子
20) 현 페리스여자대학(フェリス女学院大学). 1870년 미국선교사에 의해 개교하여 영어를 주로 가르친 여학교. 가장 오랜 역사를 지닌 여학교이다. 가나가와현 요코하마시(神奈川県 横浜市)에 위치.

라 오카시씨의 남편은 또 메이지여학교의 교장으로도 있고, 여학잡지사의 사장이기도 했고 『여학잡지』21)와 『평론(評論)』의 두 잡지를 내고 있었으므로 학교와 잡지에 관계있는 남녀들까지 새로운 묘비 주변에 모였습니다.

그때는 내가 아직 청년이었을 때입니다만 그 날 장례식에 대해서, 지금 와서 내 가슴에 떠오르는 것이 하나 있습니다. 그것은 『소공자』의 번역가를 기념하기 위해 여러 책과 잡지종류가 수없이 그 묘지주변에 묻힌 것입니다. 뭐, 딱딱한 석관 안에 두면 어떨까하고 생각했던 것을, 의외로 칠도 안한 나무관 안에 묻었기 때문에 며칠도 못넘기는 것 아닌가하고 걱정했지만, 그러나 땅 속에 그것을 묻었다면 왠지 그 묘지주변에 다가가기 어렵게 생각되었을 겁니다. 이후 꽤 오랜 시간이 지났습니다. 그러나 때를 기념하려고 하는 사람들의 마음은 오래 그 땅에 남았습니다.

왠지 여러분, 세상의 학자가 어딘가의 고대(古代)를 찾아 나설 때, 대부분은 그것을 땅 속에서 발견합니다. 아버지, 어머니, 형제, 친척, 친구, 그 외 만나 친했던 사람들이 이 세상에 작별을 고하고 가는 이가 묻히거나 화장하거나 하는 곳은 모두 땅 속입니다. 땅만큼 죽은 사람을 생

---

21) 女學雜誌 : 1885~1904년까지 간행되었던 일본 최초의 본격적인 여성지.

각하게 하는 것도 없지만 반면, 또 땅만큼 여러 모든 것을
태어나게 하는 곳도 없습니다.

力餠 동화해설

힘내기 떡

제5장 | 미야기노

01 미야기노[1]

　센다이에 도후쿠학원[2]이 있습니다. 그 학교에 나는 젊은 교사로서 가게 되었습니다. 어머니도 그 무렵에는 도쿄에 계셨는데 어머니를 고향에 두고 친구들과도 작별을 고하고 도쿄 우에노역에서 혼자 도후쿠로 향했습니다. 원래 도후쿠쪽은 처음이 아닙니다. 그 이전에도 한 번 기차로 시라가와[3]를 건너 가을꽃이 만발한 것을 차창으로

1) 宮城野 : 미야기현(宮城県) 센다이시(仙台市)의 지역명.
2) 東北學院

바라보며 센다이보다 앞 정거장인 이치노세키[4]에 있는 지인을 방문한 적도 있습니다. 그러나 이번은 그런 여행이 아니고 교사로서 가는 것으로서 오랜만에 센다이땅을 밟게 되었으므로 갑자기 도쿄하늘도 멀리 느껴졌습니다.

센다이라는 곳은 옛 성의 중심지로 발달한 곳입니다. 그러므로 이곳에는 유명한 성터가 있습니다. 옛 사무라이들의 집들이 있고, 옛날에는 시장이 선 곳이라 생각되는 사거리가 있습니다. 이곳은 도후쿠지방 교육의 중심지입니다. 이곳에는 여러 교육기관이 있어 젊은 남녀학생들이 모이는 곳이었습니다. 여기는 도후쿠의 도시라 불릴 만큼의 곳으로서 아침저녁의 공기가 도쿄주변과는 상당이 다릅니다. 조용한 햇빛이 비치며 마을전체가 북향의 공부방 창처럼 된 학문하기에 좋은 곳입니다. 아부쿠마강[5]에도 그리 멀지 않고, 1리 정도가면 태평양 해안도 나와, 걸어 다니는 길로도 빠지지 않습니다. 센다이에 도착한 그 밤부터 나는 안정되었습니다. 지금까지 쉬지 않고 걸어와서 진짜 휴식이란 것도 몰랐던 나는 드디어 가슴 가득 좋은 공기를 마실 수 있는 미야기노의 품으로

---

3) 白河
4) 一の關
5) 阿武隈川 : 미야기현 남쪽에서 태평양으로 흐르는 강.

 力餠 동화해설 **힘내기 떡**

뛰어든 것 같았습니다.

센다이에 왔을 때 잠시 나는 같은 도후쿠학원에서 가르치는 그림선생인 후세라는 사람의 집에 묵었습니다만, 그 집은 히로세강 근처에 있었습니다. 멀리 빛나는 초저녁 샛별이 강 건너의 하늘에 비춰보였습니다. 어머니에게서도 도쿄의 친구들과도 떨어져서, 여행 중인 한 개의 별의 모습을 발견하는 것도 즐겁게 생각되었습니다.

02 마쓰시마[6]

'내가 고향에서 보여주고 싶은 것은'이란 노래에도 있듯이 도후쿠사람은 매우 고향자랑을 하는데, 무엇보다 우선 마쓰시마를 보여주고 싶다고 후세씨가 말하고 학교의 쉬는 날에 나를 안내해 주었습니다.

시오가마[7]에서 배로 나왔습니다. 푸른 바다를 지나며 해초가 떠다니는 것이 보일만큼, 맑게 갠 가을날이었습니다. 과연 저기에도 섬, 여기에도 섬. 배에서 보자 손가

---

6) 松島 : 미야기현 마쓰시마항 주변에 있는 260여개 섬들의 총칭.
7) 鹽釜 : 마쓰시마항에 있는 시.

락으로 셀 수가 없습니다. 그 모양을 사람의 모습에 비유하여 본다면 서있는 것, 앉아있는 것, 웅크리고 있는 것, 엎드려 있는 것도 있습니다. 이곳에는 '노파가 징을 치는 염불도'라는 이름의 섬도 있습니다. 마치 노파가 입고 있는 반소매옷8)이 모인 것 같은 모양의 섬이었습니다.

03 어머니의 장례식에

"어머니 위독, 바로 오너라!"

이런 전보가 도쿄에서 도착했습니다.

어머니의 병환은 생각지도 못한 것이어서, 나는 바로 준비해서 학교에도 결석원을 내고 급하게 센다이를 떠났습니다. 도쿄의 집은 혼고 모리가와9)라는 곳에 있었는데 급히 가보니 안타깝게도 벌써 떠나신 뒤였습니다.

그 해 가을, 도쿄에는 몹시 심한 콜레라가 유행해서 많은 사람이 그 때문에 쓰러졌다고 합니다. 어머니도 그 중 한 사람이었습니다. 집에는 어머니보다 훨씬 몸이 약

---

8) 한텐(半天)
9) 本鄕 森川町 : 지금의 도쿄 혼고구의 서쪽지역

한 사람도 있었고, 가장 깔끔한 걸 좋아하고 움직이는 것
도 좋아하고 평소에 음식에도 신경을 쓰는 편인 어머니가
그런 병에 걸렸습니다. 가보니 경찰이 문입구에 서 있습
니다. 그 주변은 소독약 냄새가 확 납니다. 어머니는 관청
병원으로 보내져 거기에서 돌아가신 뒤였습니다.

나도 어지간히 부모님과는 연이 약한 사람입니다. 어
릴 때에 부모님 슬하를 벗어난 이후 아버지의 임종 시는
그 근처에도 없었고, 훨씬 시간이 지나 어머니와는 2년 정
도 함께 도쿄에서 같이 산적도 있었지만, 그때 나는 아직
어머니를 부양할 만한 충분한 힘도 없었습니다. 적어도
센다이에서는 어머니만이라도 부양하려고 작은 집이라도
빌려서 둘이서 살려고, 그 날이 오기를 기다리고 있던 참
에 이런 변고가 알려진 겁니다. 결국 나는 어머니가 돌아
가실 때도 만나지 못하고 말았습니다.

관청 병원으로 가서 어머니의 유골을 인계받고 스나
무라10)라는 곳에 있는 화장터까지 갔던 어두운 밤도 잊을
수 없습니다. 어쨌든 병이 병이니만큼 집에 사람이 있어
서는 안되었던 때라서 스나무라로 가는 것도 나 혼자였습
니다. 다음날 아침 납골. 나는 그 유골을 안고 고향에 있는

---

10) 砂村 : 지금의 도쿄 에도쿠(江戸区)지역

우리집 묘지에 장례를 치르기 위해 도쿄를 떠나기로 했습니다. 당시는 나고야까지 기차로, 나고야부터는 우선 인력거로 고향을 향했는데, 고개 높은 곳은 벌써 몇 번이나 서리가 내린 곳도 있었습니다.

04 부모님의 묘

누나 부부와 그 딸은 기소 후쿠시마로부터, 백부는 옆 동네 아즈마[11]에서, 친척과 옛 지인은 고향인 미사카무라[12]에 모였습니다. 마을 사람들은 어머니 장례 준비를 하기위해 유골이 도착하기를 기다리고 있었습니다. 나는 어두워지고 나서야 마을 입구에 도착했습니다.

입구까지 가자, 등불을 켜고 마중 나온 사람을 만났습니다. 말을 걸어보니 이전에 우리집에 드나들던 남자였습니다. 그리고 내 짐을 들어주려고 했습니다. 원래 우리집 선조는 이 지방을 위해 일한 사람들로, 마을도 선조가 일으키고 절도 선조가 지었을 정도여서, 그런데 옛날부터

11) 吾妻
12) 神坂村

고향의 풍습에 서툴고 아무것도 땅을 위해 노력한 적이 없는 한 서생이 이런 마중을 대접받는 것조차 나에게는 지나치다고 생각되었습니다. 나는 발을 고향에 밟았을 뿐인데, 아직 그렇게 아버지시대가 뿌리 깊게 남아있다는 것을 생각하게 했습니다.

우리집 묘지는 마을 뒤쪽에 있는 옛 언덕위로 에이쇼지[13]이라는 절 경내에 이어진 곳에 있습니다. 삼나무들 사이로 얕은 계곡 건너에 기소지역다운 돌을 놓은 인가의 판자지붕, 물든 감나무 가지 등이 보이는 곳입니다. 다이고쿠[14]라든지, 하치만[15]이라든지 그 외 여러 옥호가 붙은 집들의 이끼 낀 묘가 늘어선 쪽을 지나, 삼나무 낙엽이 떨어진 축축한 땅을 밟는 것만으로도 왠지 마음이 새로워질 것 같은 곳입니다. 묘지 맞은편에 묏등 모양으로 작고 높게 땅을 올린 곳, 새파란 잔디 색도 지난 날을 말하려는 얼굴인지, 아버지가 영면한 장소입니다. 에이쇼지의 본당에서 어머니 장례를 치른 뒤 유골은 아버지 묘 옆에 묻혔는데 같은 모양의 것이 두 개 거기에 나란히 되었습니다.

---

13) 氷昌寺
14) 大黑 : 大黑의 의미는 범어 Mahakala의 역어. 삼보(三寶)를 사랑하고 오중(五衆)을 수호하며 음식을 베푼다는 신.
15) 八幡 : 八幡의 뜻은 일본에서는 전쟁의 신이자 호국의 신으로 섬겨짐.

묘는 죽은 자를 위한 것이 아니고 산자를 위한 것이
라고 어떤 사람도 그렇게 말했지요.

O5 어치새[16]의 인사

어치새가 인사하러 왔습니다.

이 새는 할머니 같은 쉰 목소리로 나에게 인사하고
말하기를

"당신은 기억하고 있으시겠지만 내가 좋아하는 팽나
무 열매를 주우러 당신도 어릴 때는 자주 그 나무 밑에 놀
러 왔어요. 그리고 내가 파란 얼룩무늬 작은 깃털을 떨어
뜨리면 당신은 그 나무 밑에서 내 깃털을 줍는 것을 기대
하고 왔어요."

내 고향에는 정중히 사람을 부를 때는 '당신', 나는 누
구와 말할 때 '나'입니다. 그리고 어치새는 말을 붙여서 다
음과 같이 말했습니다. "보신대로 저번 큰불로 나무도 탔
습니다. 당신이 태어난 옛 집 뒤도 지금은 뽕밭입니다. 그

---

16) 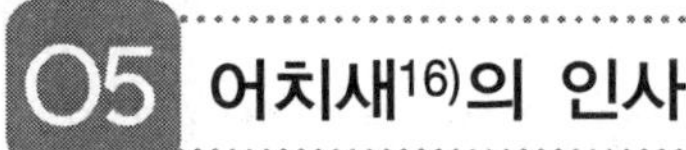 참새목에 속하는 새.

뽕밭에서 타고 남은 것이 딱 세 개만 나왔습니다. 하나는 옛날 거울, 하나는 당시 아버지의 돌 도장, 또 하나는 아버지 방 앞에 있던 모란 뿌리에서 나온 싹. 정말로- 그 옛날 거울도 큰 불로 타서. 그런고로 당장 공사를 한 집도 있고, 가난한 살림에 참고 있는 사람도 있어요. 어쨌든 그 큰불의 흔적이네요. 이후 마을도 변했습니다. 뭐, 지금 지난 날을 그리워하고 옛 마을의 내막에 매달리는 것 일수도 있지만, 지금 그런 마음은 없어졌습니다. 젖도 나오지 않는 유방을 물고 있는 것 같은 쓸데없는 짓으로 빨리 정신이 든 마을 사람은 모두 이 흔적에서 벗어나려고 하고 있습니다. 그렇습니다. 이 재난은 최악이었기 때문입니다. 미사카무라도 지금은 재건에 한창입니다.”

06 귀향의 날

어릴 때부터 내가 좋아했던 온타케산은 한 번 더 나를 맞아주는 듯 했습니다. 그 산기슭에 있는 마을을 잘 보면 얼마만큼의 사람들이 살다 돌아왔는지 모르지만, 나도 센다이에 학교근무를 앞두고 있어 옛 익숙한 집들을 방문할 시간도 그리 없었습니다. 유모로서 나를 안아주거나 업어주었던 오히나도 이나17)에 나가 살고 있다고 하여 이제 마을에도 없었습니다. 작년 마을의 큰불로, 우리 옛 집에서 아깝다고 생각되는 것은 뒷창고가 타버린 것입니다. 그 창고 이층에는 전부 서적보관소로 기소계곡의 역사를 말해주는 고문서와 조부가 남긴 필사본과 아버지가 평생 모아둔 일본서, 한서의 종류 등을 모조리 잃은 것이어서.

누나 부부는 기소 후쿠시마를 향해서 돌아갈 사람들입니다. 그리고 나도 함께 미사카무라를 떠났습니다. 작별하러 들른 마을 사람들은 모두 문 앞에 나와 우리를 배웅했습니다. 미사카무라에서 다음 아즈마까지 2리 사이는 오타루산 등이 있는 곳으로 깊은 삼림이 있습니다. 아즈마까지 가면 백부의 집이 있습니다. 거기가 내 어머니가 태어난 곳입니다.

그 무렵 기소로는 아직 내가 처음 상경한 때에 걸었던 그대로의 길이었습니다. 가는 길 계곡 그늘에 찻집 등이 숨어 있는데 돌을 놓은 그 판자지붕에는 파란 연기가 피어오르는 것이 보였습니다. 말 묶는 가죽띠, 파리 쫓는 총채, 그리고 무늬 넣은 작업목까지 옛날 그대로 짐싣는

---

17) 伊那 : 나가노현 이나시(伊那市)

말이 좋은 종소리를 내면서 오가던 길도 이 길이었습니다. 가케하시[18]라는 곳까지 오자 나는 원숭이를 만났습니다. 그 원숭이는 찻집에서 기르던 것입니다.

"당신도 이제 달인 다됐네?"

라고 내가 묻자 원숭이는 작은 목을 갸우뚱하고,

"아니요, 그것은 당신의 착각이겠죠. 당신이 말하는 것은 아마 내 아버지원숭이 일거에요. 나도 그 아버지원숭이와 같이 오랫동안 이 가케하시에 살고 있습니다. 나는 어릴 때부터 기소강의 소리를 듣고 있지만 아무리 들어도 질리지 않는 것이 물소리에요."

"그거 부럽네. 나는 열 살 때 고향을 나왔기 때문에 오랜만에 여기를 지납니다. 그래도 산에서 자란 것이 어수룩하게 보여 내 얼굴을 보면 산원숭이, 산원숭이라고 하는 사람이 자주 있습니다."

"음, 그러고 보면 당신도 원숭이 동료인가?"

이런 인사를 나눈 뒤 가케하시의 원숭이와도 이별하고 또 안쪽으로 깊숙이 갔습니다. 가을도 깊을 때라 산이라는 산, 계곡이라는 계곡은 모두 단풍으로 물들어 있었습니다. 귀향길은 누나부부와 함께 기소 후쿠시마까지 가

---

18) 棧橋

서, 이후 도후쿠지방으로 거기에서 센다이의 학교 쪽으로 돌아갔습니다.

07 센다이에서의 숙박

센다이로 돌아간 후 나는 후세씨의 집사람들과도 이별하고 나카케[19]라는 곳에 있던 숙소로 옮겼습니다. 거기는 미우라라고 하였는데, 여인숙과 하숙을 겸하고 있었는데 내가 빌린 것은 그 안채 2층 방이었습니다. 정말로 나의 센다이시절은 그 이층에서 시작되었다고 해도 좋습니다. 창밖은 이웃인 돌가게에 돌을 쌓아둔 정원 뒤쪽이 눈밑에 보입니다. 나는 돌가게와 경쟁하듯 그 돌을 보고, 아침 일찍부터 책상을 마주했습니다.

19) 名掛町

 ## 아라하마[20)]

바다가 웁니다.

아라하마 쪽에서 그 소리가 들려옵니다. 아라하마라는 곳은 소토우미[21)]를 마주한 모래가 많은 어촌입니다. 센다이에서 1리 정도 떨어져 있습니다. 그런 먼 곳에서 울리는 바다소리가 나카케마을의 숙소까지 잘도 들립니다.

여러분은 어딘가에서 바다우는 소리를 들은 적이 있습니까? 옛말에 해조음[22)]이란 것이 있습니다. 바다울음소리는 그 소리이겠죠. 바다가 거칠어지기 전, 아니면 그 후에 조류가 빈번한 소리겠죠. 그것은 커다란 조개같은 것으로 먼 곳에서 불어대는 듯한 소리입니다. 놀랄만한 바다의 음성입니다. 나도 도후쿠지방으로 와서 난생 처음 그 소리를 들었습니다.

바다라고 하면 나같이 산골에서 태어나 깊은 숲속에서 자란 사람은 특히 이런 쪽에 마음을 뺏깁니다. 그런 나

---

20) 荒濱 : 센다이(仙臺)시 아라하마(荒濱)해변.
21) 砂地 : 1960년부터 2005년까지 나가사키현(長崎県)에 있던 지역. 이후 이름이 폐지되고 여러 지역과 함께 나가사키시로 편입되었다.
22) 海潮音 : 밀물이나 썰물이 흐르는 소리. 또는 파도 소리.

는 소츄가마쿠라에도 오다와라에도 지바현 훗쓰에도 살아보고, 서쪽으로는 욧카이치23), 고베24), 스마아카시25)에서 도사26)의 고치27)까지 가봐서 만자라해28)를 모르는 것도 아니었습니다. 그러나 후세씨와 함께 센다이에서 미야기들판을 지나 아라하마까지 걸어 끝없이 보이는 모래사장이 이어지는 곳까지 가봤을 정도로 심금을 울린 곳도 없었습니다.

그 때 나는 태어나서 처음으로 큰 바다를 봤다고 해도 좋을 정도였습니다. 그것만이 아니고 후세씨를 꼬드겨서 모래사장에 옷을 벗어버리고, 둘이서 밀려오는 파도사이를 헤엄친 적도 있습니다. 그 주변은 바다를 헤엄치러 오는 사람이 자주 파도에 휩쓸리는 곳이라고 들을 정도의 낭떠러지였습니다만 단지 큰 바다를 봤다고 하기엔 만족스럽지 않았기 때문이었습니다.

---

23) 四日市
24) 神戸
25) 須磨明石 : 고베시에 있는 관광지구.
26) 土佐 : 지금의 고치현(高知縣)
27) 高知
28) 満更海 : 후쿠시마현(福島県)에 속한 지역.

09 귀가 밝은 사람

센다이에 와서 힘들었던 것은 말에 사투리가 많은 것이었습니다. 어떤 지방 사람이 말을 붙여 와도, 사회적으로 유대가 넓은 남자와 여자의 대화에도 전혀 통하지 않은 적이 없던 나였지만, 노인네들끼리 서로 말하는 것 등에는 도무지 들리지 않을 정도였습니다. 나는 도후쿠학원에 와서 배우는 학생들의 작문 속에서도 얼마나 그 지방 사투리를 발견했는지 모릅니다.

센다이와 같은 도시조차 이런 상황인데, 하물며 아라하마 주변에 사는 사람들의 말에는 그 사투리가 더욱 짙습니다. 어느 해 그 어촌마을에 나쁜 병이 유행해서 그것을 조사하기 위해 내무부에서 공무원과 의사가 출장 온 적이 있었다고 합니다. 그런데 아라하마의 어부들의 말하는 것은 그들 공무원과 의사는 커녕, 센다이에서 같이 간 사람조차 잘 듣기 힘들었던 것입니다.

이곳에 한 명, 귀가 좋은 사람이 있었습니다.

그 사람을 센다이에서 데려와서 비로소 용무가 해결된 적이 있었습니다. 그런 어부말의 통역을 누가 했는가 하면, 그 귀가 좋은 사람은 이른바 30년 가까이 센다이지방에 사는 외국인 선교사였습니다. 로마 가톨릭을 펼치기 위해 일본에 건너온 사람으로 제키라는 이름의 프랑스인이었습니다. 이 제키 선생님, 그리스어의 지식도 있는 등 학식이 풍부한 도련님이었지만, 매년 같은 까만 모자를 쓰고 까만 옷을 입고 그런 모습에도 아랑곳 하지 않고 아라하마까지 종교를 펼치기 위해 갔던 동안에 그런 어부말의 통역도 담당할 정도로 좋은 귀를 가지게 되었던 것입니다.

<table>
<tr><td>10</td><td>목상의 알현</td></tr>
</table>

10 목상의 알현

즈이간사[29]는 도후쿠지방에 유명한 마쯔시마에 있는 오래된 큰 절로, 거기에 안치된 다테마사무네[30]의 목상도 유명합니다. 마침 내 조카가 도쿄에서 센다이의 숙소까지 방문해서 둘이서 마쓰시마구경을 겸해서 목상을 보러 갔습니다. 공교롭게도 그 목상은 다른 곳에 있다고

29) 瑞巖寺 : 미야기현 미야기군 지역(宮城郡 松島町)의 사찰
30) 伊達政宗(1567~1636) : 전국시대 말기에서 에도시대 초기에 다이묘(大名). 에도시대에 센다이번의 최초의 번주(藩主)

했지만 말소리는 들렸던 것입니다. 그래서 내가 물어봤더니 이런 대답을 했습니다.

"아이고, 먼 곳에서 방문해 주셨네요. 목상은 바로 나인데 오늘은 누구도 만날 수 없습니다. 나도 이런 어두운 곳에 있기 때문에 이 절의 스님이 관람인을 안내해서 오면 내 코 쪽에 납촉으로 만든 불을 들이대었죠. 이래봬도 나는 인간다운 소중함을 가지고 있습니다. 보러 와주시면 그런 것을 봐 주세요. 너무 구경거리로 치부되고 싶지는 않습니다."

말없는 목상에도 할 말은 있군요.

11 소나무바람

이 스이간사 가까이에 오지마[31]라는 작은 섬이 있는데 몇 개의 동굴이 바다를 마주한 곳에 숨어 있습니다. 옛날 고승들이 와서 좌선을 한 흔적이라고 합니다. 여기저기 그 동굴이 이어져 있습니다. 그 중에는 암벽을 마주하

---

31) 雄島

고 조용히 좌선하기 위해 고승 자신의 손으로 개조했을 것 같은 소박하면서 동굴방의 형태를 보이는 곳도 있습니다. 너무 겉치레가 심한 옛 유적을 보는 것보다도 오히려 옛 것이 남모르게 그렇게 숨은 것도 좋은 곳입니다. 그런 곳에 가보면 귀에 들어오는 소나무바람만이 길고 먼 울림을 전해줍니다.

옛 사람이 정말로 기도했던 장소라는 느낌이 드는 것도 그 암벽 앞입니다. 나는 오래된 소나무가지 사이로 비치는 석양을 바라보면서 오랫동안 그곳에 내내 서있던 적도 있었습니다.

12 긴 것

긴 것, 센다이지방에 전해 내려온 '오락가락하는 비'[32]라는 옛 노래의 한 구절.

후세씨는 이걸 잘 기억하고 있어, 어느 날 나에게 불러주었습니다. 왜 후세씨의 입에서 그런 옛 노래 구절이

---

32) '산사시구레(さんさしぐれ)' : 전국시대(1589년 즈음)에 만들어진 일본 민요의 하나.

나왔냐하면, 내 아내 쪽이 지방의 유지이면서 대대로 센다이의 영주로 있었기 때문입니다. 그 '오락가락하는 비'의 노래는 높은 여자의 목소리보다 오히려 낮은 저음으로 노래하는 남자의 목소리가 적합하고, 천천히 노래해야 한다고 합니다. 그것을 나에게 들려주는 동안 잠시 후세씨는 시간도 잊은 것 같았습니다. 어떻게든 느긋하고 빠르지 않고, 게다가 깊게 들리는 고풍스런 노래에 귀를 기울이자, 그 억양과 그 구절 하나하나가 실로 길게 계속되었습니다. 끝났는가 하면 아직 계속되는 것이었습니다.

그것도 당연합니다. 이 노래는 단지 유행가도 아니고 옛 역사의 어느 조선정벌 즈음의 전쟁의 승전보를 알리기 위한 노래라고 합니다. 필시 옛 센다이의 무사는 전쟁에서 돌아와 서로 축하주를 나누고 손장단이라도 치면서 맘껏 그 노래를 같이 불렀겠죠. 진영의 갑옷도 풀고 무거운 칼도 겨드랑이에 끼고, 다시 아내가 맞이해 주었을 때의 기쁨은 아무리 노래해도 노래로는 다할 수 없는 그런 것이었겠죠.

　　도미와 연어가 모여서 외출하려고 하던 참이었습니다. 연어는 하얀 작업조끼33)를 몸에 두르고 도미는 빨간 머리띠34)를 하고 있었습니다.

　　연어가 말하기를 도미씨, 나는 이렇게 여행에 익숙합니다. 지금부터 나는 북쪽으로 뻗어가 큰 바다를 맛보고 오겠어요. 보시는 것처럼 나는 건강하지만 이렇게 기름이 오른 모습으론 만족할 수 없습니다. 나는 나가서 더욱 몸을 단련시키고 오겠어요. 연말까지는 돌아올 생각입니다만, 내년은 어떤 설이 될까. 필시 모두 봄을 기다리고, 저장해둔 밤, 말린 멸치35), 다시마 등을 준비하고, 여러 가지로 연말연시 준비를 하고 내 귀가를 기다려 주겠죠? 내가 없으면 센다이사람은 나이를 먹지 못하니까요.

　　도미가 말하기를 연어씨, 당신의 그 건강함에 놀라겠습니다. 당신의 코는 좀 구부러져 있긴 하지만 그러면서

---

33)　腹掛 : 하라가케. 장인들이 입는 작업복 종류. 칼이나 도구를 넣을 수 있는 주머니가 있다.

34)　鉢卷 : 머리를 수건으로 매는 띠. 주로 정신통일이나 기합을 넣기 위해 이용됨.

35) 멸치새끼를 씀. 주로 축하용.

도 모두에게 사랑받는 것에도 놀라겠습니다. 그럼, 나를 보십시오, 모두가 나를 보러오고 싶어서 여러 방법을 쓰고, 긴카산바다[36]의 도미는 눈 아래로 한 척이나 되는 것도 있고, 가격은 단지 보기만 해도 좋은 생선이네요라며 어쩌고 저쩌고, 참 듣기 좋은 참견이죠. 그러나 나는 무엇이든 참지 않으면 안됩니다. 지금 좋은 시절이 와서 벚꽃이 만발한 봄이 되었으므로 아무리 가난한 집에도 찾아가줍니다. 그래서 거의 나를 맞이하지 않은 사람들을 놀라게 해 줍니다. 그리고 모두에게 잔뜩 먹게 해줍니다.

14 아침

센다이에서 나는 1년밖에 있지 않았습니다. 그 1년은 내게 있어 평생 가장 즐거운 때의 하나였습니다. 내가 맞이한 아침 같은 때였습니다. 그러나 이것은 단순한 아침이지도 않습니다. 그것에 대해 여러분께 애기하죠.

나는 여러분 앞에 한 우화를 애기해 드릴게요. 여기

---

36) 金華山沖 : 미야기현 동쪽바다

에 한 학생이 있다고 합시다. 초봄이라는 놈은 누구에게도 졸리는 때이지만, 그 학생도 마치 초봄같이 잠이 많은 나이라서 아침 일찍 닭이 울어도 좀처럼 잠을 깰 수가 없습니다. 첫 닭은 아주 기본이고 세 번째 닭 울음소리가 나도 아직 학생은 졸리는 듯 꿈을 꾸고 있었습니다. 이렇게 닭이 우는 것도 모르고 있으므로 잠이 덜 깨, 해를 보아도 정말이지 그 햇살의 미소를 바라본 적이 없이 세월을 보내고 있었던 것입니다. 단지 아침이 되면 동쪽 하늘에서 나와 밤이 되면 서쪽 하늘로 지는 그런 빨갛고 쓸쓸한 해바퀴라고 밖에 알지 못했습니다. 해는 그 학생에게 있어 재미있지도 이상하지도 않은 모습의 것이라고 밖에 눈에 들어오지 않았습니다.

그런데 어떨까요? 이런 잠꾸러기에게도 일찍 일어날 때가 왔어요. 알고 보니 닭은 어두울 때부터 일어나서 학생을 부르고 있었던 것입니다.

그러는 동안 해는 멀리 동쪽 하늘에서 떠올랐습니다. 그것은 지평선을 떠나 날아오르는 듯한 모습이었습니다. 매일 밤 지는 해바퀴라고는 생각할 수 없을 정도의 생생하고 아름다운 모습이었습니다. 학생은 놀라서 태어나서 처음으로 그러한 태양이 자신의 눈에 비친 것을 알게 된 것입니다. 닭은 닭대로 한 번 더 덤으로라는 듯 새로운 아침의 탄생을 알리고 있었습니다.

내가 센다이에서 보낸 시간은 마치 이 학생이 닭이 우는 소리를 비로소 듣게 된 때 같았습니다. 아침이 되면 점점 하늘이 밝아져 오듯이, 지나간 것은 나에게서 떠났습니다. 그 주변은 밝아져 옵니다. 모든 것이 생생하게 돌아옵니다. 초목도 새로운 색을 띱니다. 무엇을 보아도 눈이 뜨이는 것 같았습니다.

정말로 센다이의 1년은 좋았습니다. 나 같은 사람에게도 그런 아침이 왔습니다. 그 1년만큼 책을 많이 읽을 수 있었던 때도 없습니다. 어째서 이런 것을 얘기하냐면요, 내가 기뻐했던 것을 여러분에게도 나눠주고 싶기 때문입니다. 그것은 기다려 주십사하는 것입니다. 새로운 태양은 꼭 여러분 안에도 떠오르겠죠?

力餅 동화해설
힘내기 떡

제**6**장 | 누나

01 누나

누나요? 누나는 기소 후쿠시마 쪽에 있는 다카세집안으로 시집갔습니다. 여형제라면 나에게는 이 누나 한 사람이었지만 나이 차이가 많이 나고 게다가 멀리 떠나 살고 있어서 서로 함께 할 시절도 거의 없었습니다.

여러분께도 전에 말했듯이 어머니가 돌아가셨을 때 나는 고향인 미사카마을 쪽에서 오랜만에 누나와 만나 장례를 치르고 아버지의 묘를 함께 성묘하고, 돌아갈 때는 기소 후쿠시마까지 누나와 함께 했습니다. 미사카마을에서 기소 후쿠시마의 마을까지 12리입니다. 기소로라고 험한 길입니다. 그때는 다른 동행도 있었지만 여하튼 산비탈이 많고 기소강을 따라 걷는 길은 여자 발로는 그리 쉽지만은 않은 것이어서, 중간에 이틀 밤이나 머물렀습니다. 그러나 이 길은 즐거웠고 지금까지 먼 곳에 있던 누나가 가깝게 여겨졌습니다. 이리 말해서는 뭐합니다만 우리 어머니의 죽음이 이렇게 누나·동생을 가깝게 생각되게 했던 것입니다.

02 누나의 집

어느 여름 호후쿠사[1])의 언덕과 토리이[2])언덕을 넘어 기소 후쿠시마의 누나 집을 방문했습니다. 그때 나 혼자가 아닌 요시무라 아저씨의 아들을 데리고 갔습니다. 지금의 요시무라씨도 그 무렵은 아직 중학생이었습니다. 요시무라집안의 사람들은 일찍이 기소 후쿠시마에서 나왔으므로 이 중학생은 처음으로 부모님의 고향을 보는 때였

1) 保福寺 : 아오모리(青森)현에 있는 절
2) 鳥居 : 미에(三重)현에 있는 지역

습니다.

기소 후쿠시마는 온타케로의 등산로에 연결된 마을입니다. 옛날에는 유명한 관청이 있던 곳입니다. 이 관청 자리에 가깝고, 마을변두리의 깊숙한 지세로 굽어진 돌계단을 올라 고풍스런 문을 들어서면 현관 쪽에 놓아둔 가리개[3]가 눈에 들어옵니다. 가리개는 여러분도 아시다시피 맹장지[4]와 닮아 받침대가 있는데, 그 집의 것은 약방의 간판으로 고쳐 만든 것으로 기응환[5], 다카세씨의 제조 등의 글자를 볼 수 있습니다. 그곳이 누나 집이었습니다. 누나부부도 건강했을 때로 천정이 높고 넓은 화로 쪽으로 우리를 안내해 주었습니다.

기소강은 이 마을의 중앙을 흘러가는 강입니다. 누나 집 문 앞에서 낭떠러지 쪽으로 후쿠시마의 마을이 잘 보이고 강이 소용돌이치는 소리까지 손에 잡힐 듯이 들립니다. 강 건너 쪽에 나란한 집들, 절 지붕의 흔적 등에서부터 깊은 원생림으로 둘러싸인 산 지세까지도 볼 수 있습

---

3) 衝立 : '衝立障子(=장지)'의 준말. 방의 칸을 막기 위해 세워 두는 판자로 만든 가구; (방의) 칸막이; 가리개.

4) 襖障子 : 방을 구분하기위해 사용하는 방 칸막이.

5) 奇應丸 : 樋屋奇応丸의 준말로 원래는 의약품의 이름. 유소아용으로 놀랬을 때나 작은 경련을 일으켰을 때 주로 먹이는 약이었다.

니다. 이렇게 주변경계가 정돈된 마을을 보는 것도 드뭅니다. 그것을 봐도 옛 관청을 중심으로 발달한 마을이라는 것을 알겠군요.

어라, 자주 방울소리도 들리네요. 그 계곡아래에 활기를 불어넣듯이 들려오네요.

"찌링찌링, 찌링찌링"

한여름으로 하얀 기모노에 뒤로 묶은 하얀 머리띠, 노송나무로 만든 갓을 어깨에 걸치고 등산지팡이를 짚은 온타케산에 등산 온 사람들이 허리의 종을 흔들고 울리면서 위세좋게 마을에 몰려오는 철이었습니다.

03 밤밥을 좋아하는 기쓰옹

나는 누나집 입구 정도만을 여러분께 말했을 뿐, 아직 안쪽을 보여주진 않았어요. 이 다카세가문의 선조 중에 기쓰라는 사람이 있어 매년 기일에는 반드시 그 사람의 화상을 꺼내서 안쪽 마루사이의 벽에 걸고 그 사람이 좋아했다는 밤밥을 공양한다고 하던가. 이 기쓰옹이 다카세가에 전해지는 약을 처음 만들기 시작한 사람입니다.

　　기쓰옹은 상당히 먼 훗날까지 생각하였던 사람이라고 봅니다. 그것을 조금 얘기한다면 원래 다카세집안의 선조는 대대로 기소 후쿠시마의 관청지기를 담당한 무사로 다카세형(누나의 남편)의 부친 대에는 화포술을 지도하는 역할까지 하는 관청을 지킨 사람들로, 따라서 유신 이후 부하에게 이용당한 사람도 적지 않았지만, 무엇보다 사족이란 낮은 무사계급[6]은 대부분 가난했던 것입니다. 기쓰옹이 제조한 약은 부하들에게도 일자리를 주고 토지의 혜택도 볼 수 있도록 하기 위한 것에서 시작된 것 같습니다. 다카세에서 만들기 시작한 기응환은 기소산에서 잡을 수 있는 웅담을 기본으로, 거기에 중국과 조선에서 오는 사향과 인삼 등을 이용하고, 형태도 고운 가루의 먹기 쉬운 환약으로써 금가루를 입힌 것인데, 정직한 재료를 사용했으므로 아이에게 먹이기에 좋다고 들어서, 점점 전국에 소문나게 된 것입니다.

　　그런데 다카세형 대가 되자 형은 젊을 때 일찍이 나고야에 나와 새로운 교육을 받았을 정도로, 한방으로 제조한 선조의 약 등을 지키고 있을 때가 아니라고 생각하고 집을 뛰쳐나가 도쿄에서 여러 가지를 해 봤다고 합니

---

6) 士族 : 메이지유신 이후 하급무사 계급 출신자에게 주었던 명칭이었으나 현재는 폐지되었다.

다. 헌데 어쩌죠? 이 형의 여러 가지 시험보다도 선조가 남긴 일이 더 심오했던 것입니다. 낡은 약은 언제나 잘 팔려서 자손이 해 나갔던 것 보다, 한방의 권위자와 많은 스님들까지 멋지게 이어나갔던 것입니다. 다카세형은 여러 가지 해 본 끝에, 한 번 더 살았던 지붕 밑으로 돌아와 검게 빛날 정도로 닳아버린 큰 검은 기둥 옆에 앉아서야 비로소 선조의 황공한 일을 알게 되었다고 합니다. 어쩌면 밤밥을 좋아한 기쓰옹은 그 화상 안에 남아서 자손의 마지막을 지켜주셨던 것이겠죠?

04 말시장이 서는 마을

기소 후쿠시마는 말시장이 서는 마을로서도 옛날부터 알려져 있습니다. 그 시장을 기소지방 사람은 '말의 털색'7)이라고도 부릅니다. 기소는 말의 산지여서 말을 기르지 않은 백성은 없었을 정도였기 때문에 후쿠시마에 장이 설 때는 근방의 사람들이 기소의 망아지를 데리고 들릅니

---

7) 오게즈케(お毛附)

다. 그걸 사러 각 지방에서 거간꾼이 들이닥칩니다. 이때
가 되면 마을도 시끌벅적합니다.

　기쓰옹이 시작한 약은 이럴 때 도움이 되어, 마을에
모인 거간꾼이 돌아가는 도중에 자주 누나의 집에 들러
몇 봉지나 다카세집의 약을 사간다고 합니다. 들어보니
거간꾼이 데려 가는 말에 다카세집의 약을 더하면 그것이
곧 기소 망아지의 표시로서, 다른 장사치에게 팔아넘길
때 이용한다고 하던가요. 그렇게 알려진 약은 아무 곳에
서 기소 산지로 둔갑하는지도 모르겠습니다. 이것에 관해
서는 기쓰옹도 무덤 안에서 쓴웃음을 짓고 있겠죠?

05 장사꾼

　그러나 기쓰옹이 시작한 약이 이렇게 유명해지기까
지는 그 내면에는 얼마나 피나는 노력이 숨어있는지 모릅
니다. 원래 기소산의 곰쓸개에 착안하여 그것을 토대로
제약업을 하려 했던 사람은 기쓰옹이었습니다. 그러나 누
나집의 약을 지금까지 널리 알리고 선조가 물려준 일을
발전시킨 이는, 몇 대에 걸친 장사꾼들의 힘에 의한 것이

큽니다.

　다카세약방이 옛날은 주군과 신하의 관계에서 신하 즉 사무라이(양반)이었던 것은 전에도 말했지만, 그런 사람들이 지배인이라 불리는 시대가 된 후에도 매년 나누어서 각 지방에 장사를 나갔습니다. 서쪽은 미노, 오와리, 이세로부터 북쪽은 에치고 방면에 걸쳐, 보자기에 싼 약상자를 등에 메고, 뜨거운 태양에 타고 비에 젖는 것도 마다하지 않고 먼 길을 왕복하고, 지난번의 약이 남은 곳은 바꿔주려 새 약봉지를 두고 올 정도로, 다카세의 약을 홍보하고 다녔던 것도 이런 사람들이었습니다. 내가 누나집을 방문했을 때는 점차로 약방도 변해서 어떤 사람은 나이를 먹어 그만두고, 어떤 사람은 젊은이에게 그걸 물려줬다고도 들었습니다만, 그래도 아직 한 사람 좋은 지배인이 남아서 다카세형을 도와주면서 제약의 일절을 처리해주고 있었습니다.

　누나집 가게에서 안쪽으로 통하는 중앙의 넓은 방은 약방일을 하는 곳으로 조용하고 햇빛이 문장지에 비칩니다. 그곳엔 약 종류를 쓰는 사람, 봉지를 만드는 사람, 환약 개수를 재어 넣는 사람 등 각자의 담당이 있는데 그중에는 약종이를 접는 것을 평생 업으로 하여 옛 사무라이가 살던 마을 쪽에서 출퇴근하는 노인도 있고요, 모두 가을 장사준비에 바빴습니다.

06 옛 밥그릇

　누나집에는 예부터 전해져온 한문서, 병서, 노래집, 그 외의 서적도 적지 않았습니다. 뒤뜰에 있는 토광 2층은 서적으로 가득이었습니다. 다카세형은 나에게 그 서적들을 맘대로 뒤져도 된다고 말하고, 또 누나는 누나대로 옛 그림, 옛날편지, 향 피우는 도구, 옻칠을 한 그릇, 도자기 등을 꺼내 와서 보여 주었습니다. 그 중에 다카세형의 선대가 애용했다는 옛 밥그릇이 나왔습니다.

　그 외형은 중국에서라도 건너온 도자기같고, 두껍게 구운 것으로 푸른 기를 띤 색채가 밉살스럽지는 않은 것이었습니다. 너무 잘 만들어진 물건이라 내가 칭찬했더니 누나는 정성껏 그릇을 닦아 그것을 내 앞에 두고 갖고 싶으면 가져도 좋다고 말합니다. 나도 아직 그런 옛 밥그릇을 받아서 감상하고 즐길 나이는 아니었으므로 모처럼 누나가 말했어도 그걸 받아 갈 기분은 아닙니다. 게다가 그 그릇은 다기도 아니고 옛 식기입니다. 아무리 잘 만들어

진 도자기라도 고인의 밥을 담았던 그릇으로 먹을 기분이
생기지 않아 역시 나는 내 그릇으로 먹었으면 했습니다.

07 가을을 맞이하여

8월도 중순이 넘어가자 제비는 기소계곡의 하늘을
떠납니다. 누나집 문 앞에도 제비는 인사를 와서

"그 동안 신세 많이 졌습니다."

라고 말하는 것 같습니다. 아무리 먼 곳에서 건너왔어
도 봄부터 처마 끝을 빌려서 새끼까지 칠 정도라면 더욱
말이 통할 것 같지만 제비의 말은 지지배배, 지지배배ー
마치 다른 나라사람의 빠른 말 같습니다.

"부디 내년에도 잘 부탁드립니다."

어디까지나 남쪽말의 제비는 알 수 없는 말로 그 낡
은 집에 작별을 고하고 갔습니다.

기소천의 주변은 우루이8), 들국화 같은 것이 흐드러

---

8)  '김보'라고도 불리며 혼슈지방의 북남부의 산지나
언덕, 초원 등의 습지에서 자생하는 다년생 약초로
백합과에 속하는 식용식물.

지게 피어 있고 산에는 장생란9), 이와찌도리10), 해오라기
난초11) 등이 피기 시작하는 것도 이 무렵입니다. 개구리
우는 소리도 거의 없어져가고 뽕따는 아낙네의 노래 소리
가 재미있게 들릴 무렵부터는 누나집 뒷마당의 화초를 보
는 것이 기쁜데, 9월에 들어서면 하얀 벽 응달에 있는 해
당화가 피기 시작합니다.

　　야채와 화초를 기르는 것을 좋아하는 누나는 뒤뜰에
이어진 밭에 오이를 심거나 박의 대를 만들게 해서 두고
는, 매일아침 밭을 둘러보는 것이 무엇보다 즐거운 것 같
았습니다. 그 주변부터 뒷산에 걸쳐서는 완만한 경사이므
로 나도 그 좁은 길을 뭔가 기대하면서, 줄기가 자라 늘어
진 가을배의 밑, 포도 대 주변, 또 백합밭 사이 등을 걸어
다니며 촌로를 상대로 기소 후쿠시마의 풍속, 축제날 밤
의 활기참, 경작상의 문제 등을 애기하면서 시골의 풍취
를 즐겼습니다.

　　음력으로 7월 15일 밤에는 달이 아주 밝아 이 산골짜

---

9)  '석곡'이라고도 불리며 산중의 암벽에 붙어 자라는
　　다년생 약초.

10)  岩千鳥. 한국에도 자생하는 들꽃.

11) 

기에 비쳐 들어왔습니다. 누나집 사람은 조카들에서부터 본 적도 없는 대머리 지배인까지 안쪽방에 보여 등불을 멀리 두고 마루에 나와서 서로 많은 얘기를 나누었습니다. 기소 후쿠시마도 좁은 곳으로 내가 요시무라의 아들을 데리고 도쿄에서 왔다고 말하니 그런 작은 일까지가 밤새 마을에 퍼졌을 정도입니다. '정말로 헛기침 한번 잘못해도 안 되는 곳이다.' 이런 말이 나온 것도 이 마루였습니다. 누나집에 드나드는 여자 이발사는 벙어리임에도 영리한 사람으로, 누나는 그 사람의 손짓, 발짓을 통해 마을 일들을 손에 쥐듯 알 수가 있다는 말도 나왔었죠.

08 박보다 박고지나물로

푸른 박도 길고 크게 자랐습니다.

그 덩굴에서 갓 따낸 고운 색의 것을 뚝 하고 놓았을 때는 누구라도 어린이처럼 기쁩니다. 새로운 가을의 결실이므로. 다른 집에도 그렇듯이 누나집에도 파란 박을 둥글게 썰어 박고지나물로 만드는 준비를 했습니다. 우선 그 둥글게 썬 놈을 도마 위에 놓습니다. 얇게 깎은 두 쪽

의 대나무가 도마 위에 나란히 놓여 있습니다. 이마모양
도 아직 젊디젊은 약방의 젊은이들이 길쭉한 식칼을 한
손에, 팔을 걷어 부치고 그 도마 앞에 앉은 모습은 그림으
로도 보고 싶을 정도로 상큼한 것입니다. 칼이 쓱 움직여
둥글게 잘린 박이 두 대나무의 사이를 미끄러져 가면, 거
기에서 생박고지가 태어납니다. 어쩌면 5, 6척은 넘는 듯
긴 놈으로 태어납니다. 그것을 햇빛에 쐬고 바람에 건조
시켜 박고지나물이 만들어지는 것입니다. 시골풍경은 그
런 것으로도 깊은 뭔가가 있었습니다.

 **쓸쓸할 것 같은 사람**

쓸쓸할 것 같은 사람. 호우코산진[12]이라는 연꽃잎 삿
갓인.

호우코산진은 성씨를 와타나베라고 하는데, 도쿠가
와시대에 기소 후쿠시마의 명군으로 불린 야마무라 다카
요시[13]공이 시문의 스승이 되어주길 바랬던 사람으로,

---

12) 方壺山人
13) 山村良由

'세이가관'14)의 학문을 흥하게 한 것에도 관여한 힘이 있었던 사람인 것 같습니다만, 이 사람이 큰 연꽃잎을 머리에 쓴 그림이 내가 발견한 책 속에 남아 있었습니다. 푸른 연꽃잎을 썼으므로 삿갓대신이라고 하고 기소강으로 낚시하러 가는 사람이라고 해도 조금도 이상할 것 같지 않은 사람입니다.

10 기소의 파리

요시무라씨의 아들은 가을 신학기 준비도 있어 마을의 친척과 일가를 둘러본 뒤, 도쿄로 먼저 돌아갔습니다만 나는 내 일을 가지고 왔으므로 그것을 마칠 때까지 누나집에 머물렀습니다.

시간이 빠르네요. 이런 식으로 여름을 보내는 동안에 내가 빌린 방에는 파리가 들어오고, 부쩍 가을다워진 바람은 방안을 빠져나갔습니다. 여러분에게도 들려주고 싶은 것은 강 위쪽에서 오테바시쪽으로 흐르는 기소강의 소

---

14) 다카요시공이 세운 학교

리입니다만 그 물이 바위를 넘기는 것보다 더 빨리 여름
의 더위가 흘러가 버렸습니다.

　　이 한 여름동안 나는 누나의 입에서 돌아가신 아버지
의 얘기를 자주 들어야했습니다. 아버지는 자녀들의 열성
적인 교육자로 나도 여섯·일곱 살 무렵부터 독서의 길을
아버지에게 가르침 받고, 열 살에 부모의 슬하를 떠난 것
도 역시 아버지의 의견에 의한 것이었습니다만, 그런 어
릴 적 기억밖에 나에게는 없는 것이어서 누나에게 듣는
아버지 얘기에는 처음으로 알게 된 것도 적지 않았습니
다. 내 형제 중에도 누나가 가장 아버지 생각을 많이 했으
니까요. 아버지는 미사카무라에서 이 기소 후쿠시마의 마
을에도 자주 온 것 같습니다. 이 마을에는 아버지가 노래
친구라고 하는 사람도 있었던 것 같고요. 나는 누나집에
서 아버지를 알고 있다는 한 노인도 만났습니다.

　　자, 누나집 이야기는 이정도로 해 두고, 다른 얘기로
옮기도록 하죠. 누나도 건강할 때여서 무엇보다 기뻤습니
다. 그리고 보니 우리들이 큰 화로에서 식사를 할 때마다
누나집에서 부리고 있는 하녀는 파리를 쫓았습니다. 그만
큼 기소는 파리가 많은 곳입니다. 깊은 산중이여서 게다
가 말산지가 있을 정도이므로 파리뿐만이 아니라 파리
매15)도 있습니다. 다카세형을 시작으로 집 사람들에게 말

하고 내가 이 마을을 떠난 아침은 가을바람이 몸에 스미
는 듯한 무렵이었지만 길가에 숨어있는 파리가 떠나는 옷
에까지 달라붙었습니다.

---

15) 한국, 일본에 분포하며 주로 들판이나 숲에서 파리,
밑들이, 벌, 풍뎅이 등 작은 곤충류를 포식한다. 몸 길
이는 25~28mm이며 몸은 흑색이다.

01 아사마의 산기슭

기소 후쿠시마의 누나집에서 도쿄로 돌아갈 때의 일이었습니다. 나는 그 도중에 신슈 고모로에 기무라 선생님이 사시는 것을 생각해냈습니다. 기무라 선생님은 내 소년시절에 도쿄 간다의 공립학교에서 어학을 가르친 옛 교사로, 그 뒤 내가 시바시로가네[1]의 메이지학원에 다닐 적에도 선생님은 가까운 다카나와[2]에 살고 있었으므로

---

1) 芝白金 : 도쿄도의 항구명. 지금의 시로가테(白金)
2) 高輪

자주 찾아갔습니다. 선생님이 신슈의 시골로 가신 뒤로는
찾아뵌 적도 없어서 오랜만에 선생님의 얼굴을 뵈었으면
해서 고모로의 미미토리[3]라는 곳에 있는 선생님의 집을
방문했습니다. 내가 고모로의 땅을 밟아 본 것도 이것이
처음이었습니다.

인간세상은 불가사의한 것이네요. 그때 내가 기무라
선생님을 방문하지 않았더라면 고모로의숙이 있는 것도
몰랐을 것이고, 선생님의 교육 사업을 도와달라는 부탁도
받지 않았을 테죠. 나는 잘 생각한 끝에 답을 하고, 일단
도쿄에 돌아갔습니다. 단지 선생님같은 사람이 고모로 근
처로 물러나 학교를 세우고 지방의 청년을 상대로 전원생
활이란 것을 즐기고 있는 것으로 생각했던 것입니다.

나에 관한 것을 여기서 조금 얘기하자면, 나도 센다
이에서 도쿄로 돌아가게 된 뒤에도 내 일을 계속했지만
아직 힘에 부친다고 생각할 때마다, 저 도후쿠의 쇼후다
해변에서 바다공기를 가슴가득 들이키거나 배밭과 창포
밭이 보이는 센다이외곽을 쓰치도이 쪽까지 걸어 돌아다
니거나 혹은 아부쿠마강이 흐르는 강까지 가거나 하는 것
처럼, 그런 조용한 마음은 가질 수 없었습니다. 그뿐만이

---

3) 耳取

아니라 내가 만들어 가고자 하는 길에는 그 사례도 적었고 지반도 약했고, 앞으로 내가 만들어 갈 것을 발전시키고 키워 나가기에는 상당한 용기와 인내가 필요했습니다.

"어떻게 해서라도 더욱 나를 새롭게 하고 싶다." 그렇게 생각하고 있을 때에 고모로의숙의 얘기가 있어, 시골교사로서 나갔다 오는 것은 어떤가라고 기무라 선생님으로부터의 편지도 받았던 것입니다.

고모로에서 간이라는 사람이 일부러 도쿄까지 나와서 기무라 선생님을 비롯한 마을사람들의 추천을 전해주었습니다. 간은 메이지학원 출신으로 이전부터 면식이 있는 사이었습니다. 당시 교토 쪽에도 교사의 일은 있었습니다만 나는 시골로 물러나 좀 더 공부하고 싶다고 결정했으므로 보수도 적고 일도 힘든 고모로 쪽의 학교를 선택했습니다. 그런 까닭에 다음해 4월에는 아사마의 산기슭을 향해서, 시골교사로서 나갔습니다.

신규, 신규, 보고 듣는 것이 나에게는 신규라는 것뿐. 내 직장으로 다닐 고모로의숙까지, 아직 겨우 막 형태를 갖춘 것 같은 신규 학교였습니다. 그러나 그 의숙의 2층 교실에서 멀리 다데시나에 인접한 산이 보이는 창 쪽으로 가서 거기에서 신슈 미나미사쿠[4] 안쪽의 고원 등을 바라볼 때마다 나는 드디어 조용히 공부할 수 있는 시골에 한 번 더 내 몸을 두게 되었다고 생각했습니다. 그 창 가까이에는 고모로의 사무라이집의 초가지붕도 보이고, 여기저기 연푸른 버들가지도 보이고, 때마침 내가 갔던 때는 더딘 봄이 겨우 아사마의 기슭에 왔던 때였습니다. 비록 학교는 작지만 다른 선생님들과 같이 일하는 것이 즐거웠습니다.

고모로 중심지 뒤편에 바바우라5)라는 곳이 있습니다. 거기에 있는 옛 사무라이집으로 그 초가지붕집이 내가 빌린 숙소입니다. 고모로시절은 7년이나 그 초가지붕 밑에서 계속되었습니다.

하지만 나는 고모로에 와서 산을 바라본 아침부터, 새하얀 눈이 쌓인 먼 산들, 아사마, 기쓰바같은 산이 이어지고 그늘이 많은 계곡들, 높은 산사태의 흔적, 그리고 희뿌연 연기같이 산을 대접하는 듯한 눈들, 이 모든 것들이 아침 햇살을 퍼부어 내 눈에 비친 때부터, 왠지 내 안에는 완전 새로운 것이 시작된 것 같았습니다.

---

4) 南佐久
5) 馬場裏 : 馬場는 승마장, 경마장. 마장이라는 뜻.

02 상투6)

    고모로의 아라마찌7)에는 머리를 옛 풍습인 상투스타일로 한 대장장이가 딱 한 사람 남아 있었습니다. 메이지 시대가 된 후 그런 풍습은 철폐되고 모두 간단하고 가벼운 단발로 옮겨갔기 때문에 이것은 고모로 주변에서 볼 수 있는 마지막 상투머리이었겠죠. 무엇보다 수건으로 머리띠를 한 것만으로도 몸이 긴장되는 것 같고, 옛 사람이 단단히 머리를 묶고 그 끝을 가늘고 강한 엄지손가락으로 조여 머리에 힘을 줬다고 생각하면, 대개 그것을 유행에 뒤쳐진 고리타분한 풍습으로 여겨 비웃습니다. 필시 아라마찌의 대장장이도 쇠망치를 쥘 때에 편리함으로 평생 그런 상투로 왔겠죠. 이 대장장이는 우리학교 체조교사인 오오이라는 사람의 아버지였습니다. 나는 오오이씨를 통해서 이 대장장이 아버지에게 가래를 한 정을 부탁했습니다. "자 이것입니다. 이것이 아버지가 만든 가래"라고 오오이씨가 가져다 준 것을 봤더니, 상투로 살았던 만큼의 사

---

6) 丁髷 : 에도시대의 남자가 틀어올린 상투의 한 가지. 지금은 스모선수들이 함.

7) 荒町 : 미야기현 센다이시에 있는 마을.

람의 기상이 다부진 모양의 한 정의 가래에도 나타나 있었습니다.

03 흙과 물

왜 이런 가래 따위를 만들었냐고 하면 나도 시골에 온 이상, 학교에 다니면서 가래라도 쥐고 내 정신만 단련할 것이 아니고 몸도 단련하려고 했기 때문이었습니다.

우스운 모양을 한 농민이 생겼습니다. 나는 머리 기르고 갓 쓰고, 엉덩이도 쭉 빼고 작업바지[8]도 입지 않습니다. 게다가 맨발입니다. 바바우라의 집 뒤에는 원래 뽕나무밭이었는데 공터가 되어 있어 그곳을 빌렸지만 울타리 밖을 지나가는 사람은 익숙하지 않은 내 일하는 것을 보고 킥킥 웃고 지나갔습니다. 그래도 상관하지 않고 나는 옛 뽕나무뿌리를 파내거나 자갈을 옮겨 버리기도 했습니다. 파낸 땅 속에서는 때때로 귀여운 떡잎이 나왔는데 그것은 자두의 떡잎이 나온 것이었습니다. 우리학교에는

8) 股引 : 타이즈모양의 남성용바지. 옛 농민들의 작업바지.

신이라는 소사가 있습니다. 이 남자의 집은 소작을 하고 있습니다. 그 신씨가 둘러보러 와서 가래 쥐는 법에서부터 여러 가지를 가르쳐 주었습니다. 야채를 심으면 우선 감자나 파 같은 작황이 좋은 것부터 시작하고 이후 무, 가지, 완두콩, 오이 등으로 하면 좋다고 가르쳐 준 사람도 신씨입니다. 나는 이런 독서 짬짬이 하고 있는 조그마한 일에서도 대지에서 직접적으로 몸으로 전해져 오는 기쁨을 깨닫고, 싱싱한 냄새가 나는 땅을 맨발로 걸어 다녔습니다. 때로는 밭의 흙을 쥐고 내 다리의 약한 피부에 문질러댔습니다.

그 밭의 왼쪽에는 집 부엌문으로 통하게 되어 있는 가는 물길도 있습니다. 먼 산기슭에서 빼 온 물입니다. 매일 아침 나는 그 가는 물줄기로 세수하러 갑니다. 그곳은 빨래하는 것이 금지된 듯한 장소인데, 때때로 가는 모래가 물에 섞여 흘러와 손에도 잡히지 않은 적이 있습니다. 깨끗한 물이라고 하고 싶지만 음용수로 사용하긴 어렵습니다. 그런 물이었지만 도시에서 온 나는 굶주리고 목마른 여행객처럼, 그 거칠고 차가운 물속에 내 손을 넣고 거기에서 솟아오르는 새로운 기쁨을 느꼈습니다.

　아사마 기슭에는 자갈돌이 많은 땅에 어울리는 야채를 기릅니다. 그 하나로 지역사람들이 땅무라고 부르는 것이 있습니다. 네리마10)주변의 무를 본 눈에는 이것도 무인가라고 생각될 만큼 훨씬 모양도 작고 색도 그만큼 하얗지 않고 잎사귀를 뗀 주변은 무청같은 불그스레한 색이 있는 것입니다.

　긴 겨울을 위해 야채를 저장할 때가 오면 그 무를 씻어 단무지를 담글 준비를 하는 것이 고모로 주변에선 연중행사의 하나가 되어 있습니다. 내가 도쿄에서 온 초기에는 자주 이런 생각을 했습니다. "이 땅에는 이런 초라한 무밖에 나오지 않는가."라고. 1년을 보내고 2년을 보내는 동안에 신기하게도 그 단단한 무로 담근 단무지에는 깨물면 깨물수록 뭐라 말할 수 없는 맛이 납니다. 죠슈11)근처의 무 등과 비교하자면 한층 물이 많다고 생각하게 되었

---

9) 地大根 : 신슈지방의 특산물. 일반 무보다 크기가 작다.
10) 練馬
11) 上州 : 군마현(群馬県) 高崎市에 속한 지역.

습니다.

굉장한 것이네요. 거친 바람과 모래와 타버린 돌과 같은 회산기슭에도 살면 살 수 있게 되는군요. 뭐, 그 땅무의 맛을 알게 된 즈음부터 나의 고모로시대가 정말로 시작되었다고 해도 좋아요.

O5 산 위에 오는 겨울

그토록 긴 겨울이 산중에 온다고 생각해 봅시다.

고모로의 계절은 4월, 5월을 봄으로 하고, 6, 7, 8월을 여름, 9, 10월을 가을, 11월부터 다음해 3월말까지는 겨울이 계속됩니다. 겨울은 5개월이나 길게 뻗쳐 있습니다. 봄은 도쿄 부근보다 한 달이나 늦어서 매화꽃이 겨우 4월에 피고, 가을은 도시보다 빨리 와서 서리에 젖은 잎은 10월에는 벌써 빨갛게 됩니다. 10월 23일 즈음되면 들판에 첫 서리를 보고 11월 7일 즈음에는 첫눈이 아사마에 왔습니다.

이렇게 긴 겨울이 산중에 드디어 옵니다. 어쨌든 해발 3,000m. 아사마 일대의 산중턱에 있는 고모로의 위치는 거의 쓰쿠바12)의 봉우리와 같은 높이라고 말하는군요.

12월 중순부터는 벌써 매서운 추위고, 햇빛도 옅고 치쿠마13)강의 흐름도 얼음으로 닫히고 아사마의 연기도 숨어 보이지 않게 됩니다. 그리고 해를 넘겨 2월 말까지 어둡고 스산한 눈 하늘에는 해를 보는 것조차 드물어져 마당에 내리는 눈은 녹지 않고 쌓이고 또 쌓여서 결국은 집 마루보다 높아 밤마다 얼음기둥이 떨어지는 소리가 나고, 벼루의 먹물도 완전히 얼어버렸습니다.

나는 메추리처럼 작아져서 눈처럼 뒤덮인 산동네 집의 창문에서 자주 책을 펼쳤습니다. 처마 끝의 고드름은 칼 같다고 말하고 싶고 그 길이는 60cm이나 됩니다. 첫 겨울은 '나도 얼어 죽는가'라고 생각할 만큼 과장해서 말하면 그렇게 춥게 생각되었습니다만, 그래도 1년이 지나고 2년이 지나는 동안에 훨씬 내 몸은 '저항력'이란 것이 생겼습니다. 나는 심한 추위를 두려워하지 않고 소금 같은 눈이 날아오는 것을 뛰어다니며 산골 겨울의 즐거움을 알게 되었습니다. 내가 가르치는 학생들은 중심지에 사는 사람뿐 아니라 상당히 먼 마을에서 배우러 오는 농가의 아이들도 있었는데 그들 청년은 1~2리나 되는 눈길을 매일 아

---

12) 筑波 : 현재의 茨城県 筑波郡 지방
13) 千曲川 : 니가타(新潟)현과 나가노현을 흐르는 1급수 하천. 현재의 信濃川.

무릇지도 않게 다니고 있었습니다.

06 미역 팔이

"미역은 있습니까요?"

그렇게 외치는 소리를 듣게 되면, 과연 산가에도 좋은 양달이 비칩니다. 에치고로[14]에서 온 여자 미역장수의 목소리입니다. 감색옷[15]에 토시를 끼고 짐을 등에 진 장사꾼 모습의 여자가 몇 팀이나 와서 멀리 에치고쪽에서 딴 해초를 신노의 산중까지 팔러 옵니다. 5개월이나 긴 겨울을 지난 후, 야채는 이미 다 먹고 새 야채는 아직 이른 4월경에, 우리는 미역을 팔러 오는 사람을 기다리며 지내고 있는 것 같습니다. 산초나무 싹이 파랗게 돋아 날 때가 되어 향이 좋은 덴가꾸[16] 등을 맡아보는 마음은 산중의 겨울을 지내본 사람이 아니면 모릅니다.

14) **越後路** : 옛날 에도에서 북쪽으로 가는 도로.
15) **紺飛白** : 하얀 물결무늬가 있는 감색옷, 또는 옷감.
16)  田楽 : 두부나 곤약, 토란 등을 꼬치에 끼워, 유자나 나무 순 등으로 향을 낸 된장 등으로 발라 구운 요리.

그러고 보니 나무 싹은 덴가꾸가 되고 죽순이 초밥이 되고 쑥이 떡이 될 즈음, 그 주변은 벌써 복숭아꽃으로 가득합니다.

07 고사리와 죽순

고모로의 죽순은 도키쿠보[17]라는 근교에서 오는 고사리를 보고 웃기 시작했습니다. 고모로에는 울창한 대나무숲이라 할 정도의 것은 거의 보이지 않습니다. 참대[18]와 맹종죽[19]종류는 이 지방에선 잘 자라지 않습니다. 하지만 가는 대숲은 있어서 초봄에는 그곳에서 작은 죽순이 머리를 내밉니다.

죽순이 고사리에게 말하기를 "어째서 너희들은 그렇게 모두 머리를 숙이면서 나오는가? 나를 보렴, 나는 이대로 단숨에 성장해 나갑니다. 가능한 똑바로, 이것은 우리들의 아버지 대나무에게 배웠습니다."

---

17) 鴇窪
18) 眞竹 : 왕죽(王竹), 직죽(直竹), 성죽(星竹)이라고도 함.
19) 孟宗 : 주로 죽순을 먹기 위해 재배한다고 함.

고사리는 이 얘기를 듣고 있었는데 이윽고 이렇게 대답했습니다. "식물로 태어나서 새로운 생명을 바라지 않는 것은 아닙니다. 단지 너희들은 흙을 가르고 나가는 칼끝과도 같은 힘을 물려받았죠. 나에게는 그런 물려받은 것이 없어요. 그래서 등이 굽은 갓난 아기같이 하고 나오지 않으면 땅을 치고 올라올 수가 없습니다. 어떤 것은 쑥쑥 단숨에 자라고, 어떤 것은 머리를 늘어뜨리면서 천천히 자랍니다. 그러나 그것은 같은 것이에요."라고.

08 사쿠[20]의 말

사쿠부근에서는 다른 지방과도 달라서 저녁인사로 "안녕하세요."라고 말하지 않습니다. "수고해"라고 말합니다.

해지는 쪽 길에서 가는 길에 사람을 만날 때마다 듣는 것은 이 인사입니다. 마을에서 일하는 사람은 이렇게 말하고 서로 하루의 수고를 치하하고, 들에서 일하는 사람은 이렇게 말하고 서로 가래를 등에 지고 돌아갑니다.

---

20) 佐久市 : 나가노현에 속한 시

겨울이 길면 길기만 할 뿐, 봄부터 가을에 걸쳐서는 활동 시기이므로 이렇게 "수고해"같은 사쿠의 말도 생긴 것이 겠죠. 이런 땅에 오래 살다보면, 넓은 빨간 제등[21]을 하늘에 걸어놓은 듯이 초저녁달이 뜨는 때까지를 "수고해"라고 하는데, 그 달이 먼 숲 위로 올라가는 듯이 보입니다.

09 복숭아

복숭아에 대해, 만나서 나는 다음과 같은 말을 적어둔 적이 있습니다.

5월의 창포가 남자아이와 어울리듯이 복숭아꽃은 자연스레 소녀와 어울립니다. 큰 꽃봉오리를 떨구고 꽃잎을 확 펼치고는 깊은 생각에 잠긴 듯한 해당화의 모습은 도저히 소녀의 모습은 아닙니다. 갈색이고 약간 붉은기를 띤 줄기에 단단히 붙은 그 복숭아 꽃봉오리야말로 소녀의 모습입니다. 60~90cm에 이를 만큼 기세좋게 자라고, 그 품성을 보는 것만으로도 미래가 촉망되는 소녀의 생명을

---

21) 酸漿提灯 : 빨간 종이를 붙인 자그맣고 둥근 등. 상점의 장식으로 이용됨.

생각나게 하는 것입니다. 소박하게 부푼 것이 갯버들을 닮고, 더욱 부끄럼을 타고 처녀같은 모습을 보이는 것이 복숭아 꽃봉오리입니다.

주로 꽃을 말했습니다만 복숭아는 열매가 된 후에도 좋습니다. 여러분은 복숭아가 자라고 있는 나무근처를 걸은 적이 있습니까? 가지를 비틀어 따 물방울이 맺힌 과일을 맛본 적이 있습니까?

모리야마[22]라는 곳의 복숭아밭은 우리학교의 기무라 선생님이 농민에게 권해서 복숭아 묘목을 옮겨 심게 한 후부터 시작되었다고 들었습니다.

기무라 선생님은 사쿠지방의 토질이 수밀도[23]에 적합하다고 느낀 최초의 사람이겠죠. 모리야마의 농민에게서 복숭아를 먹으러 오라고 들어서 나도 고모로에서 나간 적이 있습니다. 복숭아밭의 오두막 안에서 맛본 파란 복숭아의 맛은 잊을 수 없습니다. 농민은 커다란 어머니같은 땅의 품에서 자라 풍족한 마음을 가진 자로, 잔뜩 우리에게 대접해 주는 사람이었습니다.

---

22) 守山 : 혼슈 시가현(滋賀県)에 있는 도시.
23) 복숭아 종류 중의 하나. 물이 많고 당도가 풍부함.

치쿠마강 하류를 보고 온 개구리와 상류를 보고 온 개구리가 약속한 고모로에서 만났습니다. 그리고 서로 보고 온 곳에 대해 논쟁했습니다.

한 개구리의 말에 의하면 치쿠마강은 사이강[24]과 합류하기 때문에 좋은데, 결국 가와나카지마[25]에서 밑쪽이 좋다고 말하고, 다른 개구리는 또 우스다[26]에서 위쪽이 좋다고 말하여 서로 논쟁했던 것입니다. 무슨 일이 있어도 치쿠마강은 하류가 좋다고 한 쪽이 말하면 아니, 상류가 좋다고 우겼습니다.

그러면 내가 보고 온 지역을 한번 들어보라고 상류에 갔다 온 개구리가 말을 꺼냈습니다. 신노지역의 일부만을 보고 이것이 산골전체의 모습이라고 생각하면 낭패입니다. 아무래도 치쿠마강 상류에 대해, 남사쿠지역에 가보지 않으면 알 수 없다고 말하는 것이 이 개구리였습니다.

강 상류를 보고 온 개구리는 우선 이와무라다[27]근처

---

24) 犀川 : 나가노현 내를 흐르는 일급수 하천.
25) 川中島 : 나가노현의 사이강과 치쿠마강에 둘러싸인 삼각지대의 지명.
26) 臼田 : 나가노현 동부에 위치한 마을.

얘기부터 시작했습니다. 그 마을의 오지가네테[28]라는 곳 모퉁이에 돌이 있습니다. 그 돌이 여기부터 남쪽, 고우슈 도로[29]라고 여행객들에게 가리키고 있습니다.

그 도로를 따라 남쪽으로 향해 가면 우스다마을[30]이 나옵니다. 우스다에 이나리야마[31]공원이란 곳이 있고, 공원앞 다리의 근처에서 바라본 치쿠마강의 전망은 정말 좋아요. 그곳에서 야츠가다케[32]산맥의 기슭에 걸쳐서, 남사쿠계곡이 눈앞에 펼쳐져 있습니다. 치쿠마강은 그 계곡을 흐르는 큰 강으로, 그곳에 사는 사람들의 풍속이나 말씨도 하류와는 조금 차이가 있는 것 같습니다. 언덕을 오르게 되면 마나가시[33]부근부터는 그 큰 강도 계류의 기세에 변하는 것인지, 강 중심이 오른쪽 절벽 쪽으로 심하게 기울어져 있어 왼쪽에는 강 밑이 보이고 모래가 쌓여, 상류에서 떠내려 온 큰 돌이 묻혀 여기저기 갯버들, 갈대숲 등이 우거져 있습니다. 왼쪽에 보이는 것은 단풍나무, 자작

27) 岩村田 : 사쿠시에 있는 마을.
28) 大字金手
29) 甲州街道 : 야마나시현(山梨県)으로 연결되는 길.
30) 臼田町 : 나가노현 동부에 위치했던 곳. 지금은 없어졌음.
31) 稲荷山
32) 八ケ岳(八つが嶽) : 나가노현과 야마나시현(山梨県)경계에 있는 화산군.
33) 馬流

나무, 굴밤나무, 옻나무 등 입니다. 고우슈도로는 그 그늘
에 있습니다. 인내심 강한 에치고의 상인은 오래전부터
그곳을 왕복했다고 합니다. 나오에츠34)에서 오는 자반들
이 그런 산골까지 들어오는 것도 오직 이 도로를, 치쿠마
강을 끼고 오른 사람들이라고 합니다.

   양쪽 강가에는 미나미마키35), 키타마키36), 아이키37)
등의 마을들이 흩어져 있고 긴부산38), 고쿠시다케39), 고
부시다케40), 미쿠니야마41) 등 높은 산이 솟은 모양을 전
망할 수도 있으며, 또 고우슈에 걸쳐진 야츠카다케에 이
어진 산에는 빨갛게 무너져 내린 흔적을 바라볼 수도 있
습니다. 그 계곡의 맞닿은 곳이 우미노구치마을42)로 치쿠
마강도 여기까지가면 진짜 상류답습니다. 높은 산들 사이
를 굽이굽이 흐르는 물소리는 저절로 귀를 쫑긋 세우게

---

34) 直江津 : 니카다현(新潟県)에 있는 지역.
35) 南牧
36) 相木
37) 北牧
38) 金峯山 : 나라현(奈良県)에 걸쳐있는 산들의 총칭.
39) 国師岳 : 야마나시현(山梨県) 야마나시시(山梨市)와 나가노현
    남사쿠군의 상류 부근에 있는 산.
40) 甲武信 : 야마시타현(山梨県)・사이타마현(埼玉県)・나가노현
    3개의 현에 걸쳐 있는 산.
41) 三國山 : 기후현(岐阜県)에 있는 산.
42) 海ノ口村 : 남사쿠군에 있는 마을지명.

합니다. 산의 기운이 그렇게 주변을 깊게 생각하게 만드는 것입니다.

　우미노구치마을은 원래 강가에 있었지만 강물이 범람하여 마을 사람들은 고원 쪽으로 이사와 살게 된 것. 바람과 눈을 막기 위해 돌을 올려놓은 판자지붕을 보면 깊은 산골살이도 상상이 됩니다. 그 주변에 살고 있는 사람들의 일로는 말 키우기, 밭갈기, 나무하기, 숯굽기 등이 있습니다만 그 중에서도 말 키우기에 가장 열중하여 여자들조차 말의 기질을 잘 기억하고 있을 정도입니다. 그런 곳이어서 한창때의 처녀가 말을 타고 어두운 밤길을 가는 것쯤은 아무렇지도 않겠죠. 이 사람들이 남자를 도와 밖에서 열심히 일할 때의 풍속은 작업바지, 하바키[43], 감색 토시를 끼고 있습니다. 머리에는 삿갓을 씁니다. 뭐, 개구리로서 이런 것을 말하기는, 이것도 견학이라고 하여 보고 왔다고 하기에는, 아가씨도 예쁘다고 말하고 싶지만 참으로 강하다고 말하는 편이 지당할 것 같고, 건강하고 생기있는 얼굴이 많은 것 같습니다.

　상류를 보고 온 개구리는 여러 곳의 말들의 얘기도

---

43) 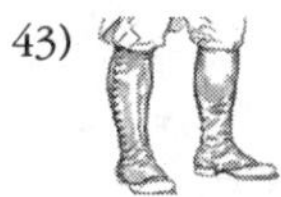 脚絆 : 일하거나 걸을 때 아랫도리를 가뜬하게 하려고 발목에서부터 무릎 아래까지 감거나 돌려 싸거나 하는 띠

듣고 와서 상대 개구리에게 들려주었습니다.

중국에서 프랑스와 전쟁[44]이 있은 후 프랑스병으로 사용된 군마는 일본 육군성에 팔려 바다를 건너오게 된 것. 그 중에 13두가 종마로서 신슈로 이동된 것입니다. 기상이 용맹스러운 '알제리'종의 말이 남사쿠로 들어온 것은 이때라는 것. 오늘날 한꺼번에 잡종이라고 칭하게 된 것은 이 '알제리'종을 가리키는 것이라고 합니다. 그 뒤 미국산 '아사마호'라는 유명한 종마도 들어왔다고 합니다. 이후 점차 말 개량이 시작되어 마시장은 1년 새에 번성하게 되고 그 소문이 아무개의 윗분의 귀에까지 들어갔던지. 윗분은 당시 육군기병대의 대령으로 말 좋아하기로 소문나 있었으므로 총애하는 '파라리스'라는 아라비아산을 종마로서 남사쿠에 빌려주게 되자, 인기가 있고 없고가 아닙니다. '파라리스'의 피를 나눈 말이 34두라고 소리쳤습니다. 윗분은 기쁜 나머지 그해 가을 노베야마고원[45]으로 모이라는 명령을 내리기 시작했다는 이야기가 남아있습니다. 이때는 4천 명 정도의 남녀가 목장에 모였다고 합니다. 말도 삼백두로는 만족하지 못했다고 합니다. 우미노

----

44) **청프전쟁(1884~1885)** : 베트남에 대한 청국의 종주권을 둘러싸고 프랑스와 청국 사이에 벌어진 전쟁. 프랑스의 승리.
45) **野邊山原** : 야츠케다케(八ヶ岳)산 동쪽에 있는 지역.

구치마을이 시작된 이래 제일 활기찼다는 것.

상류를 보고 온 개구리는 계속해서 그 목장이 있는 노베야마 언덕에도 갔다 온 것을 얘기했습니다. 그곳은 야츠케다케산의 중턱부근으로, 우미노구치마을이 바로 앞이고 사방이 16km나 되는 고원입니다.

맑아서 갔던 고원의 안개를 조망했던 것도, 치쿠마강의 하류밖에 모르는 개구리에게 보여주고 싶었다고 말했습니다. 산자락이 조금 보이던 야츠케다케가 서서히 험한 산의 모습을 보이게 되어 마침내 아침햇살을 받아 산꼭대기까지 보일 즈음은 그림자가 산에서 산으로 비쳐 옵니다. 고우슈가 자랑하는 산맥의 빛깔도 몇 번인가 변합니다. 금세 볕이 들어 조각조각 솜 같은 구름도 뜨고, 어느 사이엔가 푸른 하늘을 볼 수 있습니다. 그리되면 오토코산[46], 긴부산, 온나산[47], 고부시가다케[48] 등의 산들이 모조리 드러나는데, 멀리 그 사이를 흐르는 것이 치쿠마강의 수원입니다. 희미하게 보이지만 그곳이 산골 중의 산골이라 할 만한 강 상류의 촌락입니다.

이 개구리가 보고 온 것은 고원의 가을이었습니다.

---

46) 男山 : 남사쿠군 가와카미마을(川上村)에 있는 산.
47) 女山 : 남사쿠군 가와카미마을(川上村)에 있는 산.
48) 甲武信ヶ岳

그 부근에는 나무숲도 여기저기. 가지란 가지는 모두 남향으로 뻗어 겨울에 부는 강한 바람을 알 수 있다던가. 자작나무는 대부분 잎이 떨어져 높은 하늘에 뻗었고 가는 잎의 버드나무는 웅크리고 있는 듯 낮게 숨어 있습니다. 가을 햇살을 보내는 바람이 소란스레 불어가면 초원은 큰 파도를 맞아 떡갈나무잎도 뒤집혀버립니다. 여기저기 볕이 든 큰 돌은 가을의 쓸쓸함을 말해주고 있습니다.

'아이리스'[49] 잎을 드리우고 코보리나[50] 꽃을 가진 것도 그곳입니다. '개암나무'의 열매가 길에 떨어져 넘치는 것도 그곳입니다.

거기에는 또 들새도 숨어 살고 있습니다. 조릿대 잎의 그늘에 둥지를 만든 종다리는 이제 늙어서 초봄만큼의 기세가 없습니다. 메추리는 소리에 놀란 듯 때때로 풀 속에서 날아오르는 녀석이지만 '퓨퓨, 퓨퓨' 우는 소리가 들판의 새답습니다. 때로는 볼품없는 날개를 펼치고 날아오르려는 듯, 하지만 금방 '획'하고 떨어지듯이 풀 속으로 숨

[49] 가을에 싹을 틔우고 겨울을 지나 5~6월에 꽃을 피움. *원문에는 '아리시오데(ありしをで)'라는 불분명한 이름으로 써 있는데, 이 책에는 도손의 오탈자가 간혹 눈에 띠는 것으로 보아 아이리스 혹은 다른 식물을 적으려다 오타가 난 것으로 추정된다.
[50] 弘法菜 : 겨울들에 나는 나물. 가을에 싹을 틔움.

어버립니다.

바깥의 나무들이 바짝바짝 마른 가운데 아직 녹음을 간직하고 있는 곳도 때로는 있습니다. 그곳은 물줄기를 여행객에게 가리키고 있는데, 잡목이 무성하여 샘물에 붙으려고 가지를 늘어뜨리고 깊이 뿌리를 박고 있는 것입니다. 마을의 농부도 가을노동에 쫓겨서 그 고원에 말을 풀어놓는 것도 드물 때이기도 했습니다. 야츠가다케산맥의 남쪽 기슭에 사는 야마나시[51]의 농부만은 겨울 여물이 부족하므로 멀리 그곳까지 말을 끌고 와서 풀어 베어 모으고 있었습니다.

과연 노베야마언덕에 가서 멀리 치쿠마강의 수원까지 보고 온 개구리가 말하는 것은 상세합니다. 반대 쪽 개구리는 계속 귀를 기울이고 상류이야기를 듣고 있었습니다만 이윽고 이렇게 얘기하였습니다.

"과연 당신의 얘기를 들어보니 내 견학이 좁았던 것을 알겠습니다. 나는 하류에 대한 것 밖에 몰랐네요. 이것은 애초 싸움꺼리였습니다. 이제부터 나도 우선 상류를 항상 명심하겠습니다. 그 대신 당신도 하류에 와 보세요. 어쨌든 하류도 꽤 좋습니다."

---

51) 山梨

　　처음 나는 3년 정도의 약속으로 시골교사로 나갔다 올 예정이었지만 고모로는 센다이와 풍습도 다르고 교육기관이란 것이 잘 갖춰져 있지 않기도 하고 통하는 친구도 없을 것 같은 곳이므로, 왠지 도쿄에 있는 친구들에게 뒤쳐질 것 같은 기분만 들었습니다. 첫째, 시골교사의 몸으로는 읽고 싶은 책도 그리 손쉽게 구할 수 없습니다. 나는 학교 시험기간이라든가 양잠일로 바쁜 휴업일에 약간의 짬을 얻어 책을 구하러 자주 도쿄에 나가 사서 돌아오는 것으로 궁핍한 나의 서재를 장식했습니다. 그것으로도 한계가 있었습니다. 거기에서 나는 도시에 있는 친구만 부러워하지 않고 더욱 매사를 바르게 보는 것을 배웠으면 하고 생각하고 우선 주변부터 시작하려고 했습니다. 자세히 보니 마장뒤쪽에서 학교로 통하는 길가의 잡초까지가, 돌담사이 등의 숨은 곳에 좋은 책을 펼치고 이 나를 기다리고 있었습니다.

　　이런 까닭에 3년 정도로 온 나에게는 별도의 세계가 펼쳐져 갔습니다. 정말로 읽으려고만 생각하면 책은 내가 가는 곳에 있었습니다. 들에도 강에도 있었습니다. 결국 7

년이나 고모로에 참고 있으면서, 이웃의 아줌마부터 학생
의 학부형, 학교의 소사, 밭에 나와 일하는 농민에게서도
배웠습니다. 나는 교사로서 갔다가, 학생이 되어 돌아왔
습니다.

제8장 | 12개 이야기

01 책 읽는 소리

어느 날 도쿄본가의 니시가타[1) 마을 주변을 걷고 있는데 문득 어느 집에서 담 너머로 새어나오는 책 읽는 소리가 내 귀에 들어왔습니다. 마음껏 소리 내어 책을 읽고 있는 사람의 소리입니다. 그것은 돌아올 때까지 들렸습니다. 소리를 내어 책을 읽는 것은 나도 좋아하므로 잠시 담 밖에 서서 듣고 있었습니다.

---

1) 西片 : 도쿄 분쿄구(文京区)에 있는 마을.

그래서 어떤 사람이 사는 건가하고 그 집 문 입구에 있는 명패를 엿봤더니 소년시절 간다[2]의 공립학교에서 철학을 가르쳤던 '나가사와'라는 선생님의 이름이 있었습니다. 어쩐지 들은 적이 있는 소리라고 생각하면서도 그 명패를 보기까지는 생각해 내지 못했지만, 역시 소리의 주인은 내 옛 선생님이었습니다. 어쩐지 그리워졌습니다.

02 사이토씨의 하오리

어느 날 나는 사이토씨와 마주 앉아 있었습니다. 사이토씨는 아호를 료쿠[3]라고 하고 또 별도로 쇼지키쇼부다유[4]라고도 하였는데, 집필할 때는 우리들의 선배였습니다. 정직한 사람이란 뜻의 이름을 붙일 정도이므로 다른 사람과는 다른 점이 있었는데, 왠지 그 사이토씨의 눈매는 좋지 않다고 괜히 싫어하는 세상 사람도 없는 것은 아니었습니다만, 경망스런 부분은 조금도 없어 내 친구들

---

2) 神田 : 도쿄 지요다구(千代田區)에 있는 지역.
3) 齊藤綠雨(1868~1904) : 소설가. 비평가.
4) 正直正太夫

은 모두 감탄하고 있었습니다. 이 사이토씨, 기억력이 좋은 편으로 대개의 사람이 잊어버릴 것 같은 것까지 잘 기억하고 있는 사람이었는데 나와 얘기하고 있는 사이에도 뭔가 생각난 것이 있어 보여서, 작은 종이 한 쪽을 달라고 말하는 것입니다. 어떻게 하는가 하고 보고 있으니 사이토씨는 가는 손가락으로 그것을 접어서 하오리 끈이 있는 가슴팍 부근에 매어 두었습니다. 나중에 하오리끈을 풀 때에 기억해 두고 싶은 것을 생각나게 하려는 것 같습니다. 그 때 나는 사이토씨의 평소 마음 씀씀이를 발견한 것 같았습니다.

기억력이 좋은 사람은 역시 다르더군요.

03 수제품 장난감

어느 날, 부탁할 용무가 있어 본가 유시마[5]와 다니마치[6]의 사이에 사는 나카무라 후세쓰[7]씨의 이전 집을 방

---

5) 湯道 : 큐수(九州)지방 북서부지역에 있는 섬.
6) 谷町 : 오사카(大阪) 중앙구(中央区)에 있는 마을.
7) 中村不折(1866~1943) : 서양화가이자 서예가.

문한 적이 있었습니다. 당시 나카무라씨는 신진화가로 독립적인 기상을 담은 미술가였는데 과연 대성할 사람은 젊었을 때부터 다른 면이 있었습니다. 자신의 아이에게 줄 장난감 등도 손으로 직접 만들기도 하고 두꺼운 백목판 위에 선을 긋고 아이들이 재미있어 하는 금붕어도 토끼도 모두 스스로 그린 것이었습니다. 화가이지만 나카무라씨가 아이들에게 주고 있는 좋은 장난감에는 나도 마음을 뺏긴 적이 있던 것을 기억하고 있습니다. 나카무라씨는 매사에 그런 마음가짐을 갖고 있어서, 가는 화필의 힘 하나로 단단히 서 있을 수 있는 사람이었습니다.

04 오야마 기요노[8]씨의 비문

 "신노의 산 위에 피는 석남[9]꽃의 순수함과도 비유하고 싶은 정도로 그 아름다운 성질은 예로부터 많은 사람의 존경과 흠모를 받았고, 세상에도 찾아볼 수 없는 가정

---

8) 小山喜代野
9)  石楠 : 장미과의 자생식물. 약용으로도 쓰임.

을 일구고 남편과의 사이에 4명의 자녀를 두고 어머니로서의 자애로움, 처로서의 생각을 친한 사람들의 가슴에 남겨두고 1923년 9월의 대지진으로 37세의 아까운 나이에 이 세상을 떠난 오야마 기요노부인의 기념으로. 이것은 죽은 사람의 모습, 사랑과 덕의 추억, 향기로운 원혼의 유물이다.”

이상은 오야마가에서 부탁받아 기요노씨를 위해 쓴 비문입니다. 지진기념이라는 점에서 오야마가에서는 지가사키[10]시에 있는 실공장 내 정원에 기요노씨의 흉상을 두고 그 받침돌에 이 말을 새겨 넣어 조금이나마 돌아가신 분을 그리워하려고 한 것입니다.

기요노씨는 화가인 오야마 케이조[11]씨의 누나로 나도 고모로 시절 2년 정도 가르친 적이 있고 처녀시절에도 알고 있었기에 오야마가로부터 비문을 부탁받은 것이었습니다. 학습처라고 말하며 기무라 선생님의 부인이 고모로부근의 여자들을 위해 자택에 사숙을 열었을 때, 혼마치의 오츠카 씨, 도키쿠보의 이데 씨 그 외의 아가씨들과 함께 아라마치에서 다니던 이가 오야마 기요노씨였습니다.

볼품없는 가정식의 학교이므로 교실용 책상을 정리

---

10) 茅ヶ崎市 : 가나가와현(神奈川県) 중남부에 위치한 시.
11) 小山敬三(1897~1987) : 서양화가.

하거나 방을 청소하거나 하는 잡일은 모두 당번학생이 담
당하기로 되어 있었습니다. 그 중에도 기요노씨는 자신이
좋아하는 것을 뒤로 미루고 모두 싫어하는 일을 기꺼이
맡아서 남몰래 하고 자주 일했습니다. 이것은 기요노씨의
성격을 잘 나타내고 있다고 생각했습니다. 기요노씨는 아
가씨 때부터 그런 사람이었습니다. 말하기는 쉬울 것 같
아도 좀처럼 할 수 없는 것입니다.

05 어린이의 친구 1

어린이의 친구였던 옛 사람에 관한 것을 조금 여기에
써보죠.

어른도 '노여움'이라는 것을 잊기 전에는 어린이의 친
구가 될 수 없지만, 그런 중에도 여러 재미있는 사람이 있
었습니다. 그런 사람이 옛날에 있었다는 것은 자신의 현
재까지의 '노여움'은 잊을 수 있기 때문이겠죠.

료칸 쇼닌[12]같은 어린이들의 친구도 드뭅니다. 쇼닌

---

12) 良寬上人(1758~1831) : 승려, 歌人, 서예가 등. 에도후기 승려이
　　면서 절에 살지 않고 아이들과 놀기를 좋아하고 세상의 물욕에

은 쭉 나이가 들 때까지 동심을 잃어버리지 않고 70세가 되어도 어린이를 상대로 숨바꼭질을 하거나 공놀이를 하거나 공기놀이를 했다고 합니다. 쇼닌은 매우 과감한 부분까지 보인 사람으로, 때로는 죽은 사람 흉내를 내고 길가에 누워있던 적도 있었습니다. 그것을 보자 어린이들은 매우 좋아해서 그 위에 풀과 나뭇잎을 올리고 나중에는 나뭇잎과 풀로 쇼닌을 묻어버려 웃고 즐긴 적도 있었습니다. 그런 장난을 하는 아이들이 나뭇잎과 풀을 모아서 옮겨오는 사이에도 쇼닌은 죽은 체를 하고 조용히 길가에 누워있으면서 아이들이 하는 것을 즐기고 있었다는 것은 놀랍군요.

06 어린이의 친구 2

자, 어린이들 밖에 달려 나가자!

이런 싯구를 바쇼옹이 쓴 것 중에 있습니다. 바쇼옹은 "아침을 생각하면 또 저녁을 생각해야 한다."고 가르친

관심없고 신선같은 삶을 살았음.

사람입니다.

07 어린이의 친구 3

야옹야옹거리는 고양이에게 공을 건네주며 노는 아이...

버드나무 밑에서 "놀랬지"하고 쑥 나오는 아이...

갓 딴 참외를 꼭 끌어안고 잠들어버린 아이

이슬방울을 손에 올려놓고 들여다보는 아이

삶은 밤과 책상다리를 잘하는 아이

손님이 오면 개구리가 되어라. 시원한 참외야

엄마 양산을 들고 걸음마 걸음마....

가을바람이 부는 구나 죽어가는 벽에 붙은 벌레야..

나와서 같이 놀자꾸나 엄마없는 참새야.

이 세상에서는 저기 저 풀도 떡이 되는구나

겹옷입기가 싫어지는 계절아 빨리 오너라....

이것은 잇사[13]라는 하이카이[14] 시인이 쓴 싯구입

---

13) 小林一茶(1763~1828) : 에도시대 유명 하이카이 시인(하이진). 주
　　로 서민적이며 농촌생활 등을 담담하게 묘사하였다.
14) 중세의 렌가(連歌)에서 파생한 시가로, 에도시대 운문을 대표하
　　는 정형시이다. 5·7·5의 17자를 정형으로 하고, 그 안에 제작

니다.

잇사는 어릴 때부터 계모의 손에 자라 비뚤어진 점도 많았던 사람 같습니다만 점점 세상여행을 하고 여러 사람과도 사귀어보면서 이렇게 어린이에게 따뜻하게 다가가게 되었습니다. 어쩜 여기에 인용한 구절은 모두 마음에 드는 것 뿐 아닙니까? 이 세상에 태어나 뜨거운 생각을 품고 차가워진 사람의 마음을 따뜻하게 하려고 할 때부터 이런 구절도 나오는 것이겠죠. 옛날에는 이런 어린이의 친구도 있었습니다.

08 바다의 신

자 어디, 바다신의 애기를 해 보죠. 바다를 사랑하는 신은 어떤 곳에서 기도를 할까? 여러분도 생각한 적 있으시죠? 역시 바다가 잘 보이는 곳에서 기도하고 있습니다. 단단하고 큰 바위 위에 서서, 전망이 좋은 산 위에도. 어

당시의 계절을 나타내는 단어인 계어(季語)를 넣어야 하며, 구의 단락에 쓰는 조사나 조동사인 기레지(切れ字)로 한 구의 완결을 짓는 것을 원칙으로 하고 있다.

디라도 바다신이 살 것 같은 곳에.

　　그렇게 오래된 집 하나가 산인도[15] 기노사카온천[16] 에서 그렇게 멀지 않은 니시기고의 히요리산[17] 위에도 있습니다. 니시기고신사가 그것입니다. 그 주변에 관해 좀 말해본다면 산기슭에서 나무가 많은 언덕길을 오르자면 여름 같은 때는 숨이 막힐 정도여서, 길가에 푸르고 향긋한 풀들조차 "더워 더워" 라고 말할 듯이 보입니다만, 막상 그 언덕을 끝까지 올라가서 보십시오. 시원한 바닷바람이 모두의 가슴속까지 불어 들어옵니다. 자칫하면 가벼운 여름모자 등은 바람에 날려버릴 정도이죠. 거기까지 가면 누구라도 도중의 숨막힐듯했던 더위는 잊어버립니다. 옛 무덤이 산 위에 있고 거기에서 니시기고신사로의 길도 이어져 있습니다. 무덤 가까이에는 예로부터 전해 내려온 한 그루의 소나무도 있습니다. 고다이고천황[18]의 둘째 아들이 옛날 먼 길을 떠나셔서 멀리 아버지인 천황을 그리워 한 곳도 그 소나무 밑의 그늘이었다고 전해지

---

15) 山陰道 : 혼슈(本州) 일본해(日本海)쪽 서부지방에 있는 도로.
16) 城崎 : 兵庫県(효고현)豊岡市(도오카시)城崎町(기노사카마을)에 있는 온천.
17) 賴戸 日和山 : 宮城県(미야기현) 이시노마키시(石巻市)에 있는 비교적 낮은 산.
18) 後醍醐天皇 : 鎌倉時代(가마쿠라시대)후기부터 南北朝時代(남 북조시대)초기에 걸친 천황. 제위기간 1318년~1339년

고 있습니다.

　푸른 감색이 도는 아름다운 일본해의 전망이 이 산위에 펼쳐져 있습니다. 몇 백 만관의 정어리떼가 있었다는 것 등을 라디오에서 자주 방송하는 곳도 이 바다입니다. 가까이 뒤쪽의 섬, 저쪽 편에 경계를 짓는 곳도 보이며, 활기찬 어부들의 배가 푸른 물을 타고 가는 곳도 그 섬과 곶 사이겠죠. 니시기고의 어부들은 매일아침 근처 집에서 나와 바다에 가는데 꼭 니시기고신사에도 들러서, 바다에는 바다의 행복이 있다고 신께 말합니다. 아마 어부들은 바다가 거칠어지지 않게, 물고기를 잔뜩 잡을 수 있게, 질 좋은 바다의 산물을 배에 실어 집에 갈 수 있게 해 달라며 기도하겠죠.

　"너희들은 나를 보러 왔는가, 아니면 바다를 보러 왔는가?"

　라고 바다신은 어부들의 귀에 속삭인다던가! 아마 바다신은 이 어부들을 자신의 아이처럼 생각주시겠죠. 큰 바다같은 넓은 마음으로 어부들이 말하는 것도 들어 주시겠죠. 그리고 바다를 사랑하는 법도 가르쳐 주시겠죠.

 ## 키재기 마을

키재기 마을은 오우미와 미노의 경계에 있고, 두 마을의 산들이 키재기하듯 보이는 곳이기 때문에 그런 이름이 붙었습니다. 그곳은 마을과 마을이 자면서도 얘기를 나눌 수 있을 정도여서 두 마을의 산들도 키재기를 하는 것이 즐거울 정도로 사이가 좋은 곳입니다.

그때에 개구쟁이 구름이 산들이 있는 곳을 지나갔습니다. 이 구름은 오우미와 미노의 경계를 통과할 때마다 산과 산이 사이좋아 보여, 천성이기도 한 짓궂은 짓을 좋아하는 버릇이 나오려고 했습니다. 그런데 구름 혼자만으론 아무리 낮게 드리워서 내려가도 그리 짓궂게 할 수 없습니다. 그래서 비와 안개를 데리고 와서 모두 같이 놀자고 했던 겁니다. 자, 비는 쏴쏴 내리고 안개는 산기슭 쪽에서 막을 칩니다. 구름은 구름대로 재밌어하며, 달리며 돌아다닙니다. 이러자 두 마을의 산들도 항복하고 개구쟁이 구름이 지나갈 때까지 모두 숨어버렸습니다.

이 마을은 산과 산의 사이가 좋은 것뿐만이 아닙니다. 두 마을의 경계는 벽 하나라고 말해도 될 정도인 곳으로 살고 있는 사람들까지 사이가 좋습니다. 한편에 '두 마을집'이라는 휴게다실이 있고 한편에 '마을경계'라는 숙박 시설도 있습니다. 미노에서는 사위라도 되어 가면 오우미에선 며느리도 옵니다. 그렇게 사이가 좋은 마을에 약간의 비가 내릴 때는 서로 이웃마을 집에 뛰어 들어갈 수도 있고 우산을 접고 마을 끝까지 달려서 갈 수도 있었습니다.

아침이 되니 비가 개고 안개는 그쳐, 마치 그 부근은 깨끗이 빤 것처럼 되었습니다. 변덕쟁이 구름의 장난질에 숨어있던 두 마을의 산들은 다시 몸을 드러내고 언제나 그렇듯이 서로 마주했습니다. 그곳에 햇님이 달리는 마차 안에서 얼굴을 보이시게 되니 산들은 지지 않으려 색을 짙게, 선명하게, 마치 쪽빛이라도 흘린 듯 비내린 뒤의 하늘에 빛났습니다.

"안녕하세요."

"네, 안녕하세요."

"안녕하세요. 어제는 비가 많이 내렸어요."

"그래요, 비가 많이 내렸습니다."

미노와 오우미의 마을사람들은 이렇게 인사하며 서로 다른 마을임을 잊고 말씨가 다른 것도 잊고 변함없이 왕래하였습니다. 분명 앞으로도 산과 산의 키재기, 마을과 마을의 자면서 했던 얘기가 계속되어 갈 테죠.

　새 건물이 완성되고 지붕의 기와도 다 얹었기 때문에 건축가가 그곳에 순찰을 왔더니, 여기저기 투덜투덜거리는 소리가 통나무를 재어놓은 비계19) 쪽에서 시끄럽게 들려왔습니다.

　"너희들은 무엇을 그렇게 떠들고 있니?"

　라고 건축가가 물었습니다. 그러자 비계가 말하기를

　"그러니까 들어보세요. 우리들은 이제 필요 없으니까 없애라고 하는 사람이 있어요. 그런 것을 들으면 누구라도 화가 납니다. 원래 이런 건물이 완성된 것도 우리들이 있어서가 아닙니까? 그것을 갑자기 없애라니 우린 모두 용납 못합니다."

　이 얘기를 듣고 건축가는 웃기 시작했습니다. 그리고 부드러운 말로 이렇게 말했습니다.

　"근데, 너희들까지도 포함되는 것이 건물의 목적인건가? 그렇게 스스로를 잊어선 곤란해. 드디어 무사히 이 건물도 완성되고 너희들의 역할도 끝났어. 오랫동안 수고했

---

19) 飛階 : 건설 등, 높은 곳에서 공사를 할 수 있도록 임시로 설치한 가설물. 속칭 아시바라고 불림.

어. 너희들은 원래의 목재로 돌아가 줘."

11 두 여행객의 문답

甲 자네도 여행인가?

乙 그렇습니다. 저도 여행입니다.

甲 자네는 그런 젊음으로 어째서 나 같은 노인의 뒤만 쫓아다니고 있는가?

乙 글쎄요. 나에게는 스승님으로 모실 사람도 없으므로 당신들이 찾은 것을 나도 찾았으면 해서 이렇게 당신들의 뒤만 쫓아다니게 된 겁니다.

甲 자네도 지혜가 너무 없군. 우리들 뒤를 따라오는 것으로 그것이 어찌 되는 것인가? 봐, 나는 이제 너무 걸었다싶을 정도로 걸어버렸어. 여행도 이제 졸업이라고 생각할 즈음에는 점점 동반자도 없어졌지. 오늘은 길을 지나가는 사람도 없어. 자네는 지금부터 되돌아가는 게 좋을 거야.

乙 그렇습니다. 나는 작별을 고하려고 합니다. 보시는 대로 나는 이제 여행의 시작이고 경험도 부족하기 때문

에 당신의 깊은 발자취를 더듬어 가다보면 어떻게 하든 나도 찾아낼 수 있을 거라고 생각했습니다. 이것이 애초 나의 잘못이었습니다. 어느 사이엔가 나는 심한 노인 냄새나는 인간이 되어 버렸습니다.

甲 자네가 그 나이에도 어울리지 않게 우리들이 좋아하는 갈색과 회색 같은 색이 눈에 들어오는 것을 나는 잘 알고 있어.

乙 그게 아니라, 당신들의 여행은 완전히 끝난 자의 여행입니다. 이 세상 끝까지 보고 온 사람의 여행입니다. 그런 당신의 나이에는 어떤 곳도 걸을 수 있겠는가, 그것을 깨달았습니다.

甲 그거 좋은 것을 알았군. 나도 처음부터 이렇게 될 것은 아니었다. 너무 방임하고 헤맸어. 뭐, 이 나이까지 여행을 계속하다보면 노을은 한없이 좋고, 단지 황혼이 가까워올 뿐이지. 그러나 나는 아직 걸을 수 있을 때까지 걸으려고 해. 매일같이 걷고 있어. 매일같이 나아가고 있어.

乙 그러니까 당신의 뒤를 쫓아갈 수는 없다고 생각되었습니다. 나는 더 내가 가지고 태어난 젊음을 회복시켜야 합니다. 당신은 지금 자그마한 여행수첩은 버려두고 젊은 때에 당신이 적어두었던 수첩을 열어봐야 할 겁

니다.

甲 그래, 그래, 자네가 말한 대로다. 누구라도 젊은 시절은 실패를 두려워하지 않고 맘껏 방황해보는 것이 좋아. 그렇게 먼 곳만 눈을 돌리지 말고 자신의 주변도 보는 것이 좋아. 자네가 찾으려고 하는 것은 분명 부근에 숨어 있어. 자네는 자네대로 걸어가 보는 것이 좋아.

12 꽈리[20]

"엄마" 하고 어린 딸이 어머니 있는 곳으로 갔습니다. "이 꽈리를 울게 해 주세요."

꽈리도 오봉[21]이 올 즈음은 아직 파랬습니다만 좋은 색을 띠었습니다. 이 딸이 어머니 있는 곳에 가서 보인 것은 열매를 품은 깍지도 빨갛고 누렇게 염색되어 그 속에서 사랑스러운 열매가 얼굴을 내밀고 있었습니다. 어머니가 그 열매를 따서 잘 주물러 완전히 씨를 빼냈더니 둥근

---

20) 꽈리 : 가지과의 다년생 식물. 7~8월 수확해서 안에 있는 과실을 식용한다.
21) 일본의 추석. 양력으로 8월15일.

공처럼 점점 부풀린 것이 나왔습니다. 어머니는 그것을 자기 입에 대고 딸이 좋아하는 얼굴을 보면서 불어 보였습니다.

"울게 되었다. 불었다."

딸은 기쁜 나머지 그 부근을 춤추며 걸었습니다. 소리가 나는 것이 있으면 어릴 때는 기쁜 것입니다.

딸은 어머니에게서 좋은 소리가 나는 장난감을 받았을 뿐 아니라 가득 씨가 담긴 꽈리는 처음부터 불지 않고 구멍을 열어 씨를 빼내고 알맹이를 비우기만 하면 그렇게 잘 운다는 것을 가르쳤습니다.

「지카라모치」 끝

『힘내기 떡』을 쓴 뒤

긴 시간 얘기했습니다. 이 책은 작가가 젊었을 때부터 여러 사람을 만난 얘기를 중심으로 하여, 그 전후에 열 개와 열 두 개의 얘기를 더하고 있습니다. 그것을 여덟 장으로 나누어 총 여든 다섯 개의 얘기가 이 책에 들어 있습니다.

이렇게 말해선 조금 내 주의가 지나칠 수도 있겠지만, 책이라는 것은 그 안에 써 진 것이 완전히 이해되진 않아도 이해할 수 없는 것은 이해 안되는 대로 읽어두면 언젠가는 좋다고 생각됩니다.

그것은 여러분의 옷으로 비교해 보면, 이 여든 다섯 개의 얘기 중에는 조금 헐렁하게 만든 것도 들어 있습니다. 지금 바로 그것이 여러분의 품에 맞지 않아도 좀 커서 또 꺼내서 보면 꼭 "음, 딱 좋아."라고 말해 줄 때도 오겠죠. 여러분은 점점 커지니까요.

　이 책에는 2장 12번째 얘기인『하얀 강아지이야기』처럼 옛 전설을 가지고 쓴 것도 있고 8장 10번째인『새로운 건물이야기』같이 독일의 시인 괴테의 말에서 힌트를 얻어 쓴 것도 있습니다.

　고개 길에 할아버지, 할머니가 떡을 만들어 오두막에 쉬어가는 사람을 기다리듯이, 내가 여러분에게 주려는『힘내기 떡』도 완성되었습니다. 이것은 한 권의 책이 되어 여러분이 봐 줄 날도 얼마 안 남았겠죠?

1940년 초가을 날
조용하고 허름한 시골 초가집에서

펴내면서

  시마자키 도손(島崎藤村 : 1872~1943)은 메이지와 다이쇼 그리고 쇼와시대, 이른바 일본의 급격한 변화의 시기를 모두 살아간 지성인이었다. 뿐만 아니라 청일전쟁, 러일전쟁, 1차 세계대전과 말년의 태평양전쟁까지를 직접 겪은 몇 안되는 일본인 중 한 명이었으니 고국의 근대화 과정을 그대로 목격한 역사의 증인이기도 하다. 다작을 한 작가로서 갓 스무 살을 넘긴 젊은 나이에 문학에 입문한 후 세상을 뜨기 직전까지 끊임없이 작품을 내놓았다. 조카딸과의 불륜으로 프랑스로 도피했을 3년 동안에도 문필을 놓지 않았다. 이처럼 작가로서 50여 년 동안 그는 작품을 통하여 자신의 내면을 성찰하고 또한 다변화했던 시대를 표현하였다. 원래 전문 동화작가는 아니었지만 불가피했던 장기간의 해외체류로 자신의 아이들에게 미안한 마음과 아울러 먼 외국에서 경험한 것들을 얘기해주고 싶은 심정에서 쓰기 시작하였다. 이것이 곧 첫 동화집인『어린이에게』였는데 이때 그의 나이 46세였다. 비록 늦은 나이에 시작한 동화였지만 이후 꾸준히 동화를 발표하고 마지막까지 애착을 느꼈던 분야이기도 하였다.

본 역서인『힘내기 떡(力餠)』은 도손이 말년에 준비한 마지막 동화집이다. '힘내기 떡'이란 저자가 후기에도 말하고 있지만 힘든 고갯길을 넘을 때 지치고 힘든 이를 위로해주고 넘어갈 수 있도록 도와주는 떡을 말한다. 도손은 이러한 심정으로『힘내기 떡』을 준비했다고 말했다. 동화가 출판된 1940년은 일본인들에게 무척 힘든 시기였다. 금방 끝날 것 같았던 전쟁이 장기화되어가면서 안팎으로 국가가 요구하는 사항은 날로 늘어 가고 경제공황에 따른 지독한 가난에 시달리고 있었다. 바로 이 시기에 도손은 자신의 지병을 다스려가며 동화집을 출판했다.『힘내기 떡』의 의의는 도손이 처음이자 마지막으로 자신의 안위에서 벗어나 국민들의 '현실극복을 위한 비전'을 제시했다는 데 있다.

도손의 다른 동화들도 마찬가지이지만 대부분 재미없고 어린이들이 읽기에 어려운 동화라는 이유로 대중적으로 주목받지 못한 것이 사실이다. 그러나 동화는 어린이들만이 읽어야 하는 것은 아니다. 도손이『동화에 대하여』에도 말하고 있듯이 어른들도 읽고 감동과 교훈을 얻을 수 있는 장르인 것이다. 『힘내기 떡』은 이러한 도손의 주장이 그대로 반영되어 있다. 동화집이란 사실을 모른 채 이 책을 접하면 언뜻 성인들이 읽어야 할 '에세이' 즉, 인생의 지침서라는 인상을 강하게 받는다. 이 책이 동화라는 사실을 안 순간 저절로 고개가 갸우뚱 할 것이다. 『힘내기 떡』은 이처럼 남녀노소와 계층을 불문하고 모든 사람들이 독자가 되기를 바랐다. 이 책을 함께하며 당시 앞을 장담할 수 없었던 암울한 분위기 속에서 자신의 독자들에게 바로 이 시기 진정으로 필요한 것은 무엇인가에 대한 메시지를 전달하고자 하였다.

『힘내기 떡』에 나타난 도손의 마지막 메시지는 '다양성의 인정'이다. 요컨대 많은 주의와 사상이 난무하지만 어느 곳에 치우치지 말고 그때그때 자신에게 맞는 주의와 사상을 취하며 인생을 살아가는 것이 불안한 시국에 대처하는 가장 올바른 길임을 말한다. 이는 곧 도손의 삶의 방식이었다. 10살 때 큰형의 손을 잡고 학문을 위해 상경한 후 그는 인생의 큰 선택의 기로에 몇 번인가 섰다. 그때마다 도손은 확고한 신념에 의한 선택이라기보다 무엇이 더 현명하고 현실적으로 이득이 되는 삶인가에 대해 숙고하였다. 그 결과 도손은 마지막까지 저명한 저자로서, 사회

적 지도자로서 우뚝 설 수 있었다.

도손의 삶처럼 이상보다 현실을 중요시여기고 자신의 삶을 개척해 나간다면 우리의 삶도 지금보다 나아져 가지 않을까 생각해 본다.

2013. 10

천 선 미

지은이 ▌ 시마자키 도손(島崎藤村: 1872~1943, 시인, 소설가)

시마자키 도손은 나가노(長野)현 니시치쿠마(西筑摩)군 가마사카(神坂)에서 출생하였다. 10세 때 형을 따라 상경, 21세에 잡지에 습작을 발표하기 시작하며 작가로서 출발했다. 초기는『와카나슈(若菜集)』,『하토부네(一葉舟)』,『나쯔쿠사(夏草)』 등 낭만시인으로서 명성을 날렸다. 이후 소설가로 전환하여『파계(破戒)』를 비롯하여『봄(春)』,『집(家)』,『신생(新生)』,『동트기 전(夜明けの前)』 등 수많은 불후의 대작들을 남겼다.

첫 번째 부인과 사별 후 가사를 도와주던 조카딸과의 불륜적인 사랑으로 현실 도피성을 띤 프랑스여행을 3년간 떠난 적도 있다. 하지만 귀국 후 오히려 이전보다 더 많은 장르에 도전하고 활발한 활동을 하며 작가로서의 면모를 드높였다. 동화작가가 되기도 하고 여성지를 주관하기도 하였으며 문화평론가로서 수준 높은 안목을 보이기도 하였다. 72세에 숨을 거두는 순간까지도 작가로서 펜을 놓지 않았던 도손은 메이지, 다이쇼 그리고 쇼와 등 일본의 격변했던 시대를 두루 거쳐 간 진정한 근대인이었다.

옮긴이 | 천선미

와세다 대학원 연구생
관동대학원 일문과 석사
동덕여자대학원 일문과 박사

연구
• 「도손 말년연구 -1940년 전후의 시대의식-」(2013)
• 「일장기문양과 불교의 상관관계」(2013)
• 「『지카라모치(力餠)』연구 -말년 도손의 메시지-」(2012)
• 「도코쿠와 도손의 대비적 삶이 문학에 끼친 영향」(2011) 외

저서
• 『한국 속의 대마도』(2012, 보문각)
• 『도손, 다시 길을 찾다』(2011, 지성인)

力餅 동화해설
힘내기 떡

초판인쇄 2013년 11월 15일
초판발행 2013년 11월 25일

지 은 이 시마자키 도손(島崎藤村)
옮 긴 이 천선미
발 행 처 제이앤씨
발 행 인 윤석현
등 록 제7-220호

주 소 서울시 도봉구 창동 624-1 북한산현대홈시티 102-1106
전 화 (02)992-3253(대)
전 송 (02)991-1285
책임편집 김선은
전자우편 jncbook@hanmail.net
홈페이지 http://www.jncbms.co.kr

ⓒ 천선미, 2013. Printed in KOREA.

ISBN 978-89-5668-993-7 03830   **값** 9,000원